Le LIVRE de POCHE

Jeunesse

POURQUOI PAS MOI ?

DU MÊME AUTEUR
Le Livre de Poche Jeunesse

Une histoire de peau et autres nouvelles

et dans la Collection
Côté Court

Travaille, travaillons, travaillez

Jeanne Benameur

POURQUOI PAS MOI ?

Illustrations :
Robert Diet

HACHETTE
Jeunesse

À Guillaume.
À Anissa et Pierre-Marie.

1

« Allez, crache ! Crache ! »

La salive dans le soleil s'effile. Elle monte, retombe en gouttes larges, imprègne la brique. Une tache sombre qui s'élargit à peine entre par les interstices du matériau, repousse chaque grain rouge pour mieux pénétrer à l'intérieur.

Lucas élève la brique à deux mains au-dessus de sa tête, très haut.

Les trois autres entourent celui qu'on appelle

Elvis à cause de la banane qui lui fait un crâne aspiré vers l'avant.

Chacun à son tour lui pose la main gauche à plat sur l'épaule droite. Dans la pliure du coude, on chuchote le salut rituel de la bande. Elvis, à chaque fois, doit baisser la tête.

Pendant tout ce temps, la brique est là, dans le soleil, tenue à bout de bras par Lucas.

C'est la brique des Buttes-Rouges.

Le jour où Rachid l'a ramassée, intacte dans les débris d'une sorte de fosse abandonnée, ils ont décidé que c'était la première brique qui avait été apportée ici par les pelleteurs inconnus, tous ces ouvriers venus de partout pour un jour construire leur quartier, leur ville : les Buttes-Rouges.

À plat ventre sur la caillasse, cachée par le mur démoli de ce qui a dû être autrefois une vraie maison, Yasmina pleure.

Elle arrache une petite touffe verte qui s'accroche entre deux pierres, la serre dans son poing fermé. Ça brûle. C'est une ortie mais elle ne connaît pas le nom de ce qui la brûle. Simplement, elle a la poitrine qui se contracte violemment un peu plus, le cri qu'elle ne pousse pas lui rentre sous la peau, avec la brûlure. Ses larmes s'assèchent comme la salive dans la brique. Elle a serré si fort la mâchoire qu'elle entend le grincement de ses dents l'une contre l'autre.

« Salaud ! Salaud ! Salaud ! Crève, la Banane ! »

Elle a sorti son canif. Un tout petit canif à la lame fine, au manche de nacre blanc marqué au nom d'une ville qu'elle n'a jamais visitée. Elle l'enfonce dans la terre, creuse une croix de la pointe effilée.

C'était à elle de cracher dans la brique, c'était à elle, Yasmina, de prendre la place de Rachid, à personne d'autre, parce que Rachid, c'est son frère.

L'injustice, ça se paye, ou ça se payera.

Elvis, il a rien à faire dans la bande des Buttes-Rouges. Elvis, c'est un suiveur, pas un mec qui décide, qui prend des risques. Elvis, c'est juste un gars de la cité comme les autres. Son seul mérite, c'est d'avoir été le pote de Rachid. Ça donne pas tous les droits. Avec sa banane ridicule sur la tête, il se prend pour qui ?

Tout ça, c'est parce qu'elle, c'est une fille. Elle aurait été un garçon et on se serait même pas posé la question : elle aurait craché dans la brique. Elle aurait fait partie de la bande des Buttes-Rouges. Peut-être même qu'elle serait devenue celui qui porte la brique en l'air, celui qui la cache dans un coin que personne ne connaît à la fin de chaque réunion, celui qui va la chercher pour chaque serment de la bande.

Oui, elle aurait pu être le chef. Elle a ce qu'il faut pour ça dans la tête et dans le cœur. Elle n'a pas peur.

Qu'ils y viennent, les bouffons des bandes d'à côté, qu'ils essaient de choper la brique pour la détruire comme ils ont déjà menacé de le faire ! Ils trouveraient à qui parler ! Yasmina, la rage l'étouffe quand elle les voit jouer les caïds et raconter que les grands frères, ils vont avoir la Mercedes machin vite fait avec les p'tits trafics. Ah ! y a de quoi être fiers, tiens !

Elle, elle vient d'une famille propre. L'argent, on le gagne en travaillant, chez elle. Et on en est fiers. Sa mère, elle fait tout à la maison, et son père, il creuse les tranchées pour faire passer les fils électriques. Des fois, l'hiver, il n'en peut plus

SILEN

tellement il a mal aux mains. Le seul achat coûteux qu'on fait à la maison, c'est la laine pour ses gants, une laine toute fine et très chaude que sa mère tricote. Il les met en dessous de ses autres gants de boulot. Sinon, il a plus de mains.

Elle a les mêmes mains que son père, Yasmina : de belles mains, larges à la paume, les doigts longs et bien dessinés. Mais sa peau à elle, elle est douce.

C'est la seule chose qu'elle aime chez elle, ses mains. Tout le reste, elle l'échangerait bien contre un corps de garçon et elle pourrait faire partie de la bande.

« Allez, on rentre ! » a lancé Lucas.

Ils se sont tous groupés autour de lui. Yasmina sait ce qu'ils font sans avoir besoin de le voir : ils enveloppent la brique dans un vieux pull, et puis ils la glissent au fond d'un sac qui a servi à transporter du ciment. Après, ils ferment le sac avec une corde et Lucas passe une ceinture de cuir autour. C'est Rachid qui avait lancé le coup de la ceinture. C'était son cadeau de Noël et il l'a donnée pour la brique : c'était un vrai chef, Rachid.

Yasmina voit dans sa tête les doigts de Lucas en train de peiner pour bien serrer la ceinture autour du sac.

Elle donne un coup de poing sur la terre dure et repart en rampant, sans se faire entendre, jusqu'au muret.

Elle sait très bien où ils cachent la brique et elle veut partir avant qu'ils puissent la repérer.

Sur le chemin du retour, elle invente une chanson de guerre, une chanson qui dit que les filles, elles valent bien autant que les garçons et elle scande son chant silencieux en tapant les semelles de ses baskets par terre, de plus en plus fort.

2

« C'est à c't'heure-là que tu rentres ? Eh ben, on se gêne plus ! »

Yasmina embrasse sa mère sans répondre. De toute façon, l'heure, c'est jamais la bonne. Si elle sort de sa chambre pour aller regarder la télé, elle entend : « T'as déjà fini tes devoirs, à c't'heure-là ? Eh ben... », et quand elle rentre chez elle, c'est le même refrain, à l'envers. La seule chose qui bouge pas, c'est le sempiternel « À c't'heure-là ! »

D'ailleurs, avec Rachid, entre eux, ils l'appelaient Asteurla en l'imitant, les poings sur les hanches. Ils rigolaient bien...

Yasmina a le cœur qui se serre. Il lui manque, Rachid. Pourquoi ça grandit si vite, un frère ? Si vite ! En un an, il avait trop changé ! Il avait pris des jambes de cow-boy qui n'en finissent pas. Il s'était mis à passer un temps fou dans la salle de bains. « Pire qu'une jeune mariée ! » disait leur mère. Et puis les grandes conversations après dîner, avec leur père. « Entre hommes ! »

Et vas-y que je te la largue, la petite sœur ! Elle avait quêté derrière lui un peu de leurs jeux d'avant, de leurs rires en cachette. Mais il devenait « un homme », alors, « entre hommes », c'était plus avec elle. Ça pouvait plus être avec elle.

Mais qu'est-ce qu'ils ont tous, avec ça ? Une fille et un garçon, c'est si différent ? Ça bouffe plus la même viande ? Ça respire plus le même air ? Alors quoi ? Qu'est-ce qu'ils avaient, à en faire une histoire comme ça ?

« M'man, on a eu des nouvelles de Rachid ?

— Non, ma Mina, pas encore, il va appeler ce soir, c'est sûr, va ! »

Elle a arrêté de travailler sa pâte, la mère. Elle s'est retournée. Yasmina est là, dans l'encadrement de la porte de la cuisine. Elle a le cœur gros. Elle joue avec la fermeture de son blouson. C'est le blouson de Rachid. Il lui allait trop petit, à lui. Et pour les blousons, on fait pas la différence entre les filles et les garçons.

« Ah ! il te manque aussi à toi, hein ? Ma p'tite Mine ? »

Elle s'essuie les mains à son torchon. Elle les connaît, ses enfants, Radidja. « Je les sens ! » elle dit en riant à son mari.

« Tu vas pas, toi ! Viens ici ! Viens me voir un peu ! »

Ah non ! Si elle se met dans les bras de sa mère, elle va pleurer. Et ça, elle veut pas. Surtout pas.

« Y a pas un peu de Coca au frigo ? »

Yasmina prend la bouteille et avale le liquide, vite, ça pique fort, ça fait monter des bulles jusqu'aux yeux, ça fait des larmes qui pétillent.

« Tu crois que c'est beau de voir une fille

boire comme ça ! Tu te crois où ? Au café des Artistes ? »

Sa mère revisse le bouchon de la bouteille et la range d'un geste sec et précis dans la porte du grand frigo tout recouvert d'autocollants.

« Aïe, aïe, aïe, ma fille, je sais pas c'que t'as dans le ventre ! Je te comprends pas en ce moment. Viens ici, viens me voir !

— J'ai des devoirs, m'man, j'y vais ! »

Et elle repart dans sa chambre sans se retourner.

Se jeter dans les bras de sa mère. Tout laisser couler. Laisser tous les mots partir en gros sanglots dans le cou de sa mère, contre la chaleur de sa poitrine, et se faire bercer par sa voix. La laisser passer sa main toute douce sur les cheveux, en appuyant un peu pour lisser le chagrin, là, juste au-dessus de la nuque où il a établi son campement, un chagrin qui, dans sa tête, lance des pointes qui font si mal. Se laisser redevenir une toute petite fille, une toute petite petite Yasmina...

Elle a refermé la porte de sa chambre.

Elle a couché le blouson sur le lit.

Elle s'est assise sur sa chaise, a calé ses pieds

sur son bureau. En penchant un tout petit peu la tête, elle peut voir le ciel.

Elle ne pleurera pas.

Dans sa cuisine, Radidja a ajouté un peu d'eau dans la pâte qui lui colle aux doigts maintenant. Ah ! ça ne va pas !

« C'est un hérisson, ma fille ! Comment elle va grandir, celle-là ! »

Quand le père rentre le soir, la maison retrouve sa gaieté. Farid est un homme joyeux. Il remercie le ciel chaque jour de lui avoir donné une femme qui a la tête sur les épaules et des enfants qui ont le cœur propre. Depuis le départ de son fils, il en rajoute même dans le rire qui éclate à tout propos. « Chacun fait comme il peut avec sa peine », dit Radidja.

Yasmina, elle, ne supporte pas le sourire à toute épreuve derrière les moustaches épaisses. Comment peut-il continuer à rigoler comme ça alors que Rachid n'est plus là, à table, avec eux ?

« Dis, Yasmina, c'est pas l'enterrement ici. Quand je mange, tu sais ce que c'est l'épice de ma sauce, c'est les sourires des femmes de ma maison ! »

Radidja secoue la tête en riant. Yasmina sent la colère lui sécher le palais.

C'est le moment où le téléphone sonne.

Elle s'est précipitée.

« Allô !... Rachid ?

— Ah ! Yasmina, ça va ? »

Elle a le cœur qui bat contre ses tempes. Elle tient le combiné serré très fort.

« Oui, oui, ça va, et toi... ? »

Il l'a interrompue :

« Passe-moi papa.

— Oui. »

Elle s'est écartée du téléphone, elle est glacée tout d'un coup.

Tout le temps que dure la conversation, elle reste tout près, assise par terre, près du fauteuil. La voix de Rachid dit qu'il est heureux. Il travaille bien dans le garage de son oncle. C'était ce qu'il voulait depuis tellement longtemps. Il avait fallu attendre les seize ans. Une chance que le frère de sa mère sache bien mener ses affaires et qu'il le prenne auprès de lui. Une chance !

C'est la mère la dernière qui va entendre la voix aimée au téléphone. Elle tient l'appareil avec ses deux mains comme si c'était la tête de

Rachid. Elle parle fort. Elle dit et répète les mots des mères à leur enfant qui est loin, les petits mots qui enroulent une écharpe douce autour du cou : « Fais bien attention ! couvre-toi, hein ? et n'oublie pas de... »

Rachid doit plaisanter de ses conseils. Elle dit : « Je sais, je sais... » en riant et elle l'embrasse encore et encore. Pour tous.

Yasmina a retrouvé le sourire : il a dit qu'il viendrait dans un mois. Il passerait quelques jours à la maison, parce que les allers-retours, pour un week-end seulement, c'est trop cher.

Ce sera la fête.

Quand Yasmina se couche ce soir-là, elle ne pense plus qu'au retour de Rachid.

Rachid, c'est lui qui lui a appris à marcher et à tenir les oiseaux sur sa main, quand ils étaient petits, au parc. C'est lui qui lui a appris à ne plus avoir peur des chiens qui la faisaient changer de trottoir à toute allure. C'est lui qui lui a appris à siffler comme les garçons en étirant la bouche de chaque côté avec les doigts.

Sans lui, elle serait devenue une fille comme Luce ou Meriem, une fille qui ne pense qu'à se coiffer, à faire des chichis et à ricaner trop fort dès qu'un garçon passe. Une bouffonne, quoi !

Elle revoit la brique avant de s'endormir.

Elle n'a pas dit son dernier mot.

3

Au collège, le lendemain, elle va tout de suite retrouver Lee-Qong. C'est la seule fille qu'elle supporte. Lee-Qong, elle vient du Viêt-nam et elle ne parle pas pour ne rien dire. Souvent, toutes les deux, elles restent accroupies dans le coin de la cour, près des marches qui montent au gymnase, silencieuses. Lee-Qong joue avec des petits morceaux de verre de couleur qu'elle a ramassés sur les chantiers. Dans le soleil, ça fait comme des pierres précieuses.

« J'ai un plan, Lee, tu vas voir, ils seront bien obligés de me prendre dans la bande.

— Tu es une fille. Tu ne peux pas. »

La voix de Lee-Qong est nette et chantante. Elle prononce chaque mot comme si elle avait une corde qui vibrait entre les deux yeux. Le son est toujours perché haut vers le front.

« J'te dis que c'est un plan d'enfer. Ils pourront pas dire non. J'vais leur montrer.

— Quoi ?

— Tu verras. Viens, ça sonne. »

Lee-Qong est habituée aux idées un peu folles de Yasmina, mais là, elle ne peut s'empêcher d'être inquiète. Yasmina a l'air plus résolue encore que d'habitude. En cours, elle n'écoute rien. Ça se voit. Elle passe l'heure à dessiner sur les pages de son cahier de brouillon. Lee lui expliquera. En maths, c'est un vrai ordinateur, elle comprend tout, tout de suite.

Quand le prof en a assez de répéter la même chose aux élèves, il demande à Lee-Qong de le faire et de sa voix si nette, elle explique sans jamais rien oublier. Ce sont les seules fois où on l'entend car elle ne lève jamais la main en cours.

Elle et Yasmina se connaissent depuis la primaire.

Quand Lee-Qong est arrivée aux « Petites-Mains » – c'est comme ça que s'appelle l'école du quartier –, c'était une fillette minuscule cachée par ses cheveux noirs. Elle se cramponnait à la main de sa tante, une femme menue à l'air timide. Lee-Qong avait quitté son pays sur un bateau où elle avait vécu l'entassement, la violence, les maladies. Un enfer. Son père était déjà mort depuis longtemps, sa mère avait succombé sur le bateau. Lee-Qong avait une peur panique de la foule. Elle ne supportait plus de se trouver entourée de gens. Aux Petites-Mains, elle était servie ! C'était bousculade sur bousculade, cris et rires et pleurs : une petite école de quartier pleine de vie.

Un matin, elle n'avait pas résisté : elle avait rebroussé chemin. Elle avait attendu que sa tante s'en aille et puis elle était partie en courant dans les rues des Buttes-Rouges, toute seule.

Que s'était-il passé dans son cœur ? Les jeux et les appels des autres enfants, les groupes trop denses l'avaient-ils une fois de trop ramenée sur le bateau maudit où elle avait subi tant de souffrances ?

C'est Yasmina qui l'avait retrouvée, le soir, après le dîner. Elle était tapie dans un coin du local à vélos qui servait à tout sauf à ranger les vélos. Elle s'était nichée derrière un Caddie ramené du supermarché, oublié. Yasmina avait un sixième sens, plus aigu que la vue. Elle avait senti une présence. L'air de rien, elle avait fait celle qui cherche un jouet perdu jusqu'à ce qu'elle repère le petit tas de vêtements verts qui respirait dans un coin.

Comment avaient-elles fait pour s'entendre toutes les deux ? On ne l'a jamais su. Mais c'est ensemble qu'elles étaient ressorties et elles étaient devenues inséparables. Elles avaient sept ans à l'époque. Six ans après, leur amitié les plaçait toujours l'une près de l'autre dans tous les cours. La maison de Yasmina était la seule que fréquentait Lee-Qong en dehors du minuscule deux pièces où elle vivait avec sa tante. Sa tante et la mère de Yasmina échangeaient des gâteaux de leurs pays et des plats mais elles se rencontraient rarement. Les mères ne s'invitent pas facilement dans la cité. Ce sont les enfants qui se baladent.

« Eh bien, Yasmina, tu vas être ravie, j'ai appris aujourd'hui que votre nouveau professeur d'arts plastiques était arrivé et je vois que le dessin t'intéresse décidément plus que les mathématiques ! »

Ça, c'est typique de M. Auber. Il se débrouille toujours pour que ses remarques ne soient pas trop dures. Il sourit à moitié.

Yasmina referme brusquement son cahier de brouillon et lève les yeux. Il est déjà reparti vers le tableau, les mains dans le dos. C'est le seul à porter une blouse dans tout l'établissement, une blouse qu'il a teinte en bleu pâle, pour le plaisir de la couleur. C'est un type que tous les élèves respectent. Il ne « gueule » jamais.

« Tu demanderas à Lee-Qong, elle t'expliquera... »

Yasmina rouvre son classeur. Elle serre les lèvres et tente de rattraper le fil du cours. Mais dans sa tête, la seule figure géométrique, obsédante, c'est un parallélépipède rouge qu'elle brûle de tenir dans ses mains.

En rentrant déjeuner chez elle, Yasmina explique d'un trait à son amie ce qui s'est imposé à elle :

« Tu sais, dans la bande, quand il y a un nouveau, il doit aller faire sa marque le plus haut possible sur le mur. S'il dépasse celle du chef, c'est lui qui commande...

— Oui. »

Lee-Qong connaît la règle de la bande des Buttes-Rouges. Elle connaît aussi l'immense mur blanc, au-dessus du supermarché, le seul de la cité où l'empreinte de la brique trempée dans la peinture rouge marque la trace de chacun.

C'est celle de Rachid qui est la plus haute, juste au-dessus du petit parapet. Une belle place. Risquée. Courageuse.

Au-dessous mais à bonne distance, celle de Lucas. C'est lui qui a donc repris la place de chef.

« Elvis doit y aller aussi maintenant. Je suis sûre qu'il ira pas bien haut, celui-là... Eh ben, moi, j'irai plus haut que lui !

— Quoi !

— Oui, ma vieille. J'ai décidé que j'allais piquer la brique et faire ma trace. J'irai plus haut qu'Elvis, c'est moi qui te le dis et on verra bien la tête qu'ils vont faire !

— T'es folle, Yasmina, c'est dangereux. »

Yasmina secoue sa crinière de boucles endiablées.

« Et alors ? »

4

Lee-Qong, ce soir-là, a du mal à s'endormir. Elle n'a pas trouvé les mots pour dissuader Yasmina. Toute cette histoire lui fait peur. Elle rallume sa lampe de chevet bleue. Sans bruit, comme un chat, elle glisse la main sous son sommier. À la tête du lit, il y a une sangle qu'elle a fixée elle-même. Dans la sangle repose son petit carnet noir. Elle y écrit tout. Toutes ces choses comme des bulles sous la peau qui jamais jamais ne deviennent des mots qu'on dit aux autres, en riant, en pleurant. Elle ne sait plus laisser aller les paroles jusqu'à sa bouche. Sur sa bouche, elle a collé sa main très fort quand elle était sur le bateau et qu'elle avait trop peur. Depuis, c'est comme si un bâillon était resté sur ses lèvres jointes.

Mais sa main peu à peu a repris sa liberté et a découvert les signes qui font des mots sur le papier, des mots quand même.

Elle écrit par petites phrases serrées. Elle n'aime pas trop raconter en détail. Elle écrit l'essentiel.

Ce soir j'ai peur. Yasmina en veut trop. Après tout, c'est une fille.

Elles ont treize ans toutes les deux. Ce ne sont plus des gamines. À cet âge-là, pense-t-elle, il y a plein de pays où les filles sont déjà mariées. « ... Ben justement, lui dirait Yasmina, puisqu'on a la chance d'être ici, on va pas se laisser faire, non ? »

Yasmina ne sait pas ce que c'est : avoir peur. On dirait qu'elle est faite dans de la pierre et qu'autour d'elle, il y a toujours de la pierre pour la protéger. C'est ça qui avait fait avancer Lee-Qong vers elle dans le local à vélos, cette force qu'elle sentait, qu'elle n'avait sentie chez personne d'autre jusqu'à présent.

Sa mère et sa tante avaient la force des êtres résignés, et ce n'est pas la même. Sa mère et sa tante ne relevaient pas leurs beaux yeux sombres vers ceux qui les pourchassaient. Elles ne cédaient pas mais elles allaient, le regard rivé au sol. Jusque sur le bateau. Il leur en avait fallu des pas et des pas avant d'arriver au bateau.

À quoi ça a servi puisque ma mère est morte ? a déjà écrit Lee-Qong.

C'est la première phrase du carnet. Elle est écrite en tout petit en haut de la page. C'était il y a un an quand elle a commencé à écrire les mots et à les glisser sous son lit. Lee-Qong avait douze ans et elle venait d'avoir ses règles, comme tant de filles. Lee-Qong n'était plus une enfant.

Parfois elle avait l'impression qu'avec Yasmina tout ça ne comptait pas. Elle était pareille qu'à sept ans, à la primaire. Et elle serait encore comme ça dans vingt ans, et plus tard. Lee-Qong n'arrivait à parler à personne de ce qu'elle sentait maintenant chez Yasmina et qui lui faisait peur : cette détermination à entrer dans la bande des garçons, à ne pas rester à sa place.

Personne chez elle n'aimera ça, pense Lee-Qong. Personne. Et surtout pas Rachid. Il avait envie que sa sœur soit une fille bien et ça voulait dire tranquille avant tout, discrète, pas une fille qu'on montre du doigt. Et Yasmina, elle, ne cherchait que ça, être montrée du doigt, avec son histoire de brique.

Lee-Qong sentait qu'elle n'arriverait pas à l'arrêter.

Au moins, je serai là, a-t-elle fini par écrire sur son petit carnet.

C'est sur ces mots qu'elle parvient à retrouver le calme. Le sommeil viendra après. Par la porte entrebâillée, elle entend le léger ronflement de sa tante comme un soupir régulier, qui cesse puis recommence. Elle sait qu'en n'écoutant plus que cette douce respiration qui va qui vient, elle va peu à peu entrer dans son repos à elle, opaque. Tout l'immeuble dort. Les Buttes-Rouges la protège.

Dans la semaine qui suit Yasmina et Lee-Qong, d'un même regard, guettent la marque d'Elvis. Rien. Sur le mur blanc, qui domine le toit en terrasse du supermarché, seules les empreintes anciennes sont là. Avec le temps, elles prennent des couleurs moins vives, comme rouillées.

« Il les a à zéro ! ricane Yasmina en prenant le bras de Lee. Il ose même pas y venir tellement il a la trouille de montrer comment il est nul, j'te dis...

— Allez, viens ! on verra bien demain. »

Au collège, les couloirs aussi ont droit aux regards des élèves. La nouvelle prof d'arts plastiques fait fort pour son arrivée. Elle a lancé un concours de collages et de dessins pour présenter la cité des Buttes-Rouges. Celui qui gagnera aura un abonnement à des revues d'art et du matériel pour dessiner, comme un professionnel. Dans les couloirs, elle a installé elle-même les grands panneaux d'affichage avec l'aide des dames de service.

Lee-Qong a murmuré à Yasmina :

« Ça, c'est pour toi !

— Ouais ouais, on verra... »

Yasmina a une drôle de pudeur avec ses dessins. Elle ne les montre pas. Elle les garde dans sa chambre, bien enfermés dans une grande poche plastique de Carrefour. Même sa meilleure amie ne les a pas tous vus. C'est à elle. Montrer ses dessins, c'est comme se montrer elle-même et elle ne veut pas.

Toutes les classes vont participer au concours et l'ambiance est joyeuse dans l'établissement.

Dans la classe de Yasmina, on n'a pas encore commencé. C'est la dernière section à rencontrer Mlle Braude, la nouvelle prof : le vendredi, de 16 h 30 à 17 h 30, c'est pas une heure facile avec vingt-huit élèves qui n'attendent que le week-end.

5

Yasmina a été séduite. En rentrant chez elle, elle a couru direct à ses dessins et elle les a regardés, tous, un par un, la tête un peu de côté, en prenant l'expression de Mlle Braude quand elle observe. Mlle Braude ne parle pas beaucoup pendant le cours et ça les a changés de leur habitude. C'est vrai que les profs, ils parlent tout le temps ! Là non. Elle les a écoutés. Peu à peu, ceux qui criaient pour se faire entendre ont même baissé la voix. C'est la façon dont elle les regarde qui fait ça. Ça fait baisser la voix et puis attendre un peu pour parler que celui qui a commencé finisse de donner son avis.

Yasmina n'a pas dit un mot. Elle a été fascinée par les mains de la prof. Des mains comme des êtres qui ont l'air de réfléchir tout seuls. Des mains sûres d'elles et pourtant si étroites. Elle n'en a jamais vu d'aussi étroites et longues. Chaque geste devient quelque chose qu'on peut contempler. Elle a une drôle de bague en argent toute plate et haute, et c'est tout, pas d'autre bijou.

C'est pas le genre chichiteuse, cette femme. Très peu de maquillage et les cheveux très courts, lisses, un peu roux.

Elle doit avoir une vie formidable.

À la fin de l'heure, il fallait remettre une sorte de projet. Yasmina s'est appliquée comme jamais.

Elle a été fière, très fière, quand la prof est venue près d'elle et qu'elle a examiné son travail un temps assez long, plus long que pour les autres, elle en est sûre. Yasmina a senti qu'elle commençait à rougir.

Mlle Braude a lancé :

« Eh ben, c'est pas mal du tout, ça ! »

Et Yasmina a osé lever la tête. Les yeux de la prof ont croisé les siens, un instant. Un regard bienfaisant, qui encourage. Et hop ! elle est retournée à son bureau.

« Très bien. Je vais regarder les projets tranquillement et, la semaine prochaine, on choisit ensemble les trois qui représenteront votre classe pour le concours. Allez... et bon week-end ! »

Dans les couloirs en sortant, les commentaires fusent : « Elle est super, dis donc ! », « Ouais, c'est chouette de faire ça ! », « Tu parles ! C'est nul ! Moi, je préférais M. Delaunay, au moins, avec lui, on apprenait des trucs ! », « Delaunay, Delanoix, ouais ; il nous faisait faire toujours la même chose ! »

La nouvelle prof va alimenter les conversations pendant quelques sorties, quelques récréations... et puis la vie du collège reprendra son train.

Yasmina ne s'est pas mêlée aux conversations des autres. Elle est rentrée tout de suite. Elle n'a même pas fait le détour par le mur avec Lee-Qong.

Là, dans sa chambre, elle a envie de dessiner, de dessiner encore et que le regard de Mlle Braude soit admiratif sur ce qu'elle fait.

Elle s'installe à sa table qu'elle débarrasse de tout ce qui l'encombre. Sa mère va encore râler. Tant pis ! Elle met tout par terre en vrac. Elle rangera après. Et elle sort ses trésors. Trois pinceaux achetés à Noël par Rachid sur l'argent qu'il avait récolté en faisant des petites réparations sur les voitures des voisins pendant l'hiver. Et des gouaches que sa mère avait trouvées en promotion à Auchan. Elle sait bien que c'est pas de la grande qualité, ces couleurs, mais elle a appris à les mélanger de façon à créer les nuances qu'elle aime et les pinceaux, eux, sont super.

M. Delaunay lui avait dit un jour :

« Tu es une coloriste, Yasmina. »

Quand elle dessine et qu'elle peint, elle oublie tout. Tout. Ça pourrait durer des heures. Mais il faut toujours ou faire ses devoirs ou aller aider sa mère à porter les courses, ou aller manger...

Il y a toujours quelque chose qui doit passer avant et il faut s'interrompre.

« Un jour, il n'y aura plus rien pour m'arrêter, plus personne. Et ça durera toute la nuit si je veux. Et je mangerai quand je voudrai. Et je m'en fous si j'ai faim ! »

Cette promesse, Yasmina se l'est faite et refaite dans son cœur, avec violence, avec passion. Ce jour-là, ce qui la pousse à recommencer et recommencer encore un trait, jusqu'à ce qu'elle le sente juste, c'est quelque chose d'encore plus fort. Elle veut que quelqu'un lui dise que ce qu'elle fait, c'est bien, et c'est la première fois qu'elle ressent ce désir. Si seulement le regard bienveillant de la prof d'arts plastiques pouvait devenir admiratif : ça, ce serait vraiment vraiment génial !

« Mais qu'est-ce que tu m'as encore mis comme bazar dans cette chambre ! Où tu t'crois, ma fille ? C'est pas une porcherie, chez nous ! »

Yasmina s'est retournée en sursautant. Pourquoi, mais pourquoi dans cette famille, on ne frappe pas à sa porte avant d'entrer ? D'un geste brusque, elle pose un carton sur son travail.

« C'est ça, cache-nous ton trésor. Mademoiselle se prend pour la reine d'Angleterre ! Et moi, je suis quoi, moi ? La boniche qui va tout ranger derrière ?

— Mais non, m'man. Moi, je rangerai... après, j'te promets.

— Y a pas d'après qui tienne ! À c't'heure-là, on va manger et tu vas pas aller à table en laissant ta chambre dans cet état !

— Mais puisqu'il y a que moi, ici, qu'est-ce que ça peut faire ?

— Eh ben ça fait, voilà ! Et pas de rouspétance ! Tu ranges ta chambre et puis c'est tout ! »

Yasmina murmure, la voix rauque :

« Quand Rachid, il foutait le souk dans sa chambre, il avait l'droit, lui !

— Lui, c'est un garçon ! Toi, tu es une demoiselle... et j'aimerais aussi qu'tu parles comme une demoiselle, pas comme un de ces loustics qui traînent dans la cité... Aïe, aïe, aïe, ça va pas, ça, ma fille, ça va pas ! »

Non, ça va pas. Yasmina est bien d'accord.

Et elle range rageusement tout son matériel dans le grand sac plastique.

Qu'est-ce qu'elle ne donnerait pas pour qu'on lui fiche la paix !

6

« J'en ai marre qu'on m'arrête. J'en ai marre. Ils sont tous trop cons.

« À quoi ça sert d'apprendre si je peux pas me servir de ce que j'apprends ? À quoi ça sert d'être venus vivre ici si on doit me traiter comme au bled parce que j'ai treize ans ? On me foutait la paix quand j'avais huit ans, c'est un monde quand même ! Même papa, ça le faisait toujours rire que je sois derrière Rachid... Un vrai garçon manqué, notre Yasmina !... et j'avais le droit de grimper derrière son vélo et de courir au parc avec lui.

« Et puis voilà, je commence à avoir de la poitrine et on me regarde de travers. Faut que je fasse attention à ci et à ça !

« Merde merde merde ! J'en ai marre ! J'ai envie de faire attention qu'à ce qui m'intéresse et mon tour de poitrine, j'm'en fous ! Quand je pense qu'il y en a au collège qui prennent des airs de stars parce qu'elles ont le soutien-gorge Machin ! Les bouffonnes !... »

« Et plus vite que ça, je te prie ! »

À nouveau sa mère a repassé la tête dans l'entrebâillement de la porte. Elle a vraiment son air des jours mauvais.

Qu'est-ce qu'il y a encore ? Ça suffit pas de la forcer à ranger sans même se rendre compte de ce qu'elle faisait ?

« Un jour, je serai une grande artiste et elle s'en voudra, tiens, de s'être moquée de moi comme ça. »

« T'iras te coiffer après... »

Ça y est ! Elle connaît la suite... Il est dix-neuf heures...

« Et mets une robe, ça fera plaisir à ton père. »

Pas manqué. Elle va encore sortir la robe style mariage Tati qu'elle lui a achetée sans lui demander son avis pour les fiançailles de sa cousine Aziza. La robe à fleurs petite fille modèle, nulle.

Yasmina se mord les lèvres. C'est pas la peine de répliquer ou elle va encore vouloir la coiffer et là, ce sera la catastrophe. Elle a au moins appris ça avec Lee-Qong : il y a des moments, il vaut mieux se taire, sinon ça devient de pire en pire. Lee-Qong lui a dit : « Quand tu te tais, les gens, ils arrêtent au bout d'un moment. — Tu rigoles ? Pourquoi il faudrait se taire ? — Parce que, quelquefois, ça vaut mieux. »

Lee-Qong a des petites phrases comme ça, sans explication. Elle ne dit rien de plus mais Yasmina l'écoute. C'était un jour où Lee avait été prise à partie pendant la récré par une fille qui la traitait de « gogol » et trouvait ça drôle. Lee ne répondait pas. Heureusement que ça avait sonné parce que Yasmina était prête à bondir. Ça n'aurait pas été la première fois qu'elle giflait ou griffait une imbécile.

Lee-Qong était restée silencieuse. Toutes les

deux, elles étaient à part. Yasmina, parce qu'elle souffrait ; Lee-Qong, parce qu'elle avait souffert.

Yasmina retient un gros soupir et se tait aussi. Sa résolution est prise. Elle la mettra, la belle robe, elle ira « se faire belle » pour que tout le monde soit content. Et puis elle filera se coucher tôt parce qu'elle aura sommeil. Elle ressortira en douce tout son matériel et elle dessinera et elle peindra tant qu'elle voudra. Elle a deux bougies et une boîte d'allumettes dans sa chambre, ça suffira bien comme éclairage. Comment ils faisaient quand il y avait pas d'électricité, hein ? De toute façon, sa mère ne passe plus lui faire le p'tit baiser de la nuit parce qu'elle est grande et c'est dommage, parce que là, elle oubliait tous ses griefs contre Asteurla. Il y avait sa peau qui sent toujours bon, lait et épices, et c'était sa maman, rien qu'à elle ! Mais les mères, c'est comme les autres, elles comprennent rien !

« Tu vois, quand tu veux, tu peux être tellement jolie. »

Yasmina ne se jette même pas un coup d'œil

dans la glace. Elle a tiré ses cheveux, passé le chouchou en velours bleu nuit assorti à la robe autour de sa grande tresse pour la tenir au bout. Voilà la belle fifille à sa maman et à son papa ! Un p'tit tour de cirque, susucre ! Et au lit !

Elle ne peut quand même pas s'empêcher de sourire à sa mère qui a l'air si heureuse. Elle sait bien qu'elle l'aime et qu'elle n'a qu'une seule fille.

« Qu'est-ce que j'aurais eu la paix si elle en avait eu d'autres, n'empêche ! »

Et la question sort toute seule. Elle résonne drôlement dans la salle de bains d'un seul coup.

« Et pourquoi t'as pas eu d'autres enfants, m'man ? »

C'est vrai, dans toutes les autres familles de la cité, ils sont plus nombreux.

Sa mère s'est arrêtée un moment de se coiffer. Elle ne regarde pas Yasmina en lui répondant :

« Quand j'étais petite, je voulais plein d'enfants, au moins cinq ! Des filles, des garçons !... Et puis quand ma mère, ta grand-mère, a eu ma petite sœur Zora, elle a commencé à être malade. On a dit qu'elle avait été mal soignée à l'accouchement et que c'était les suites. Tu sais, nous, on voyait pas souvent les médecins. Elle avait eu que des filles, c'est pour ça qu'elle continuait à faire des enfants, elle voulait un garçon, à tout prix. On lui avait pourtant dit qu'elle était trop faible. Après Zora, je l'ai plus vue que malade, ma mère... et puis elle est morte. J'avais sept ans et Zora cinq... Mais pourquoi je te parle de tout ça, c'est pas gai ! »

Yasmina répond tout bas :

« Parce que je t'ai demandé pourquoi t'avais pas eu d'autres enfants...

— Pourquoi ? Pourquoi ? lance Radidja en lissant ses sourcils d'un doigt ferme. Pourquoi ? Eh ben... j'ai eu un garçon en premier, on a remercié Dieu, j'ai eu une fille, on a remercié Dieu encore, et un troisième, moi, j'en veux pas... »

Yasmina ne dit plus rien. Elle a senti dans la voix de sa mère qu'il ne fallait pas aller plus loin. C'était trop triste ce qu'il y avait derrière sa voix, trop triste !

« J't'aide à mettre la table, m'man ?

— Eh ben, ça y est j'ai retrouvé ma fille, dis donc ! »

Elle lui plaque un gros baiser dans le cou, qui résonne bien fort. Yasmina sent son cœur se dilater d'un bonheur qu'elle connaît bien, se permet peu : celui d'être encore, de temps en temps, la petite fille de sa maman.

7

Au bahut, le lendemain, elle n'est pas fraîche et les jours qui suivent non plus. Elle s'est jetée à corps perdu dans son travail de dessin : elle y passe des heures la nuit et prend soin de tout ranger avant de tomber, épuisée, sur son lit. Elle veut être la meilleure.

« Si tu continues comme ça, ça va trop se voir », l'a avertie sa seule confidente.

Elle a déjà eu droit à quelques réflexions à

cause de ses bâillements ou de ses yeux qui tombent de sommeil.

Pourtant, quand elle rentre du collège, elle persiste à faire le tour par le mur blanc, malgré l'envie qui la tenaille de se retrouver bien tranquille dans sa chambre et de dormir un peu avant le dîner.

Sur la grande paroi, rien de nouveau.

« C'est pas normal quand même, depuis le temps. Qu'il ait les jetons, ça, d'accord ! Mais c'est pas normal que les autres acceptent qu'il y aille pas ! »

À chaque fois, la colère de Yasmina revient, toujours prête, comme un sale serpent prêt à piquer.

« Il y a que toi pour t'en occuper autant, tu vois ! Tu crois pas qu'avec ton dessin, ça suffit bien ?

— Oh ! fais pas ta mémère, Lee ! »

Lee s'est remise à marcher.

« Allez, excuse-moi... Tu sais bien que t'es pas une mémère. Lee, fais pas la tronche. Vas-y, quoi, regarde-moi ! »

Lee se retourne. Elle sourit mais ses yeux sont un peu brillants.

« J'aime pas quand tu m'parles comme ça. »

Yasmina lui fait un gros baiser sur la joue. Voir Lee triste, et à cause d'elle en plus, ça, elle ne peut pas.

Elles continuent leur route en parlant du collège. La nouvelle prof d'arts plastiques continue à tenir la vedette : sa façon de s'habiller, de parler aux élèves. Et puis il paraît qu'un soir, c'est un type à moto qui est venu la chercher à la sortie. Alors là ! Les avis divergent sur la moto.

Ça fait rire Lee :

« Y a Marc, tu sais, il avait les yeux grands comme ça. "Une Gold, j'vous dis" qu'il répétait à tous les autres, "Une Gold, il a d'la thune, le mec !" Il en pouvait plus, Marc !

— Une Gold, quand même, c'est chouette ! »

Yasmina les connaît, les motos : c'est la passion de Rachid comme de plein d'autres, aux Buttes-Rouges. Une Gold, il y a que Luis qui en a eu une, et il l'a pas gardée longtemps. Faut dire que personne savait bien d'où elle venait.

Chez elle, on travaillait dur. On avait pas beaucoup d'argent. « La thune, la thune », ils n'avaient que ce mot-là à la bouche les garçons de la cité, un mot pour remplir l'air quand il y a trop de vide dans le porte-monnaie.

Quelquefois, Radidja disait qu'il y avait des mères qui n'élevaient pas bien leurs fils.

« Elles leur laissent tout faire, parce que c'est des garçons, et alors ? Il y a quand même des choses qu'il faut respecter, garçons ou filles, non ? »

Quand sa mère parlait comme ça, Yasmina l'adorait, mais c'était rare. Il paraît que certaines mères avaient même peur de leur fils, à la maison. C'est pas Asteurla à qui ça serait arrivé, et quand elle prenait un certain ton, Rachid baissait encore la tête.

« Et alors ? C'est normal, non ? Je suis sa mère, il me doit le respect. »

Le respect, c'était un mot sacré dans leur maison et Yasmina avait appris à y tenir.

Et voilà ! Elle trouvait que la bande ne la respectait pas. Quand elle avait dit à Rachid :

« Maintenant, puisque tu pars, j'peux pas, moi, prendre une place ? »

Il l'avait regardée comme si elle débarquait de la lune. Il avait seulement dit :

« Ça va pas, non ? »

Et voilà. C'était ça le respect auquel elle avait droit, elle ? Alors que ce nul d'Elvis, il faisait rien, lui, et qu'on lui donnait tous les droits !

Où il était, le respect ?

8

C'est un matin qu'on a enfin vu la marque d'Elvis et Yasmina en est restée bouche bée. Il avait carrément dédaigné le mur blanc. Et c'est au collège qu'il avait montré ce qu'il était capable de faire.

Toutes les têtes sont levées quand elle arrive. Pas moyen d'y échapper.

Il y a la trace de la brique au-dessus du nom du collège. Les grosses lettres en mosaïque sont bien dessous. Elvis a grimpé par-dessus. Il s'est servi des sculptures dans la pierre du fronton. Il a réussi à porter la brique jusqu'à l'endroit où la façade devient pointue, comme un mât de bateau.

C'est vraiment très haut. C'est vraiment dangereux.

Comme les autres, Yasmina a mis une main en visière pour mieux voir.

Il a fait fort. Pas à dire : il a fait fort. Elle mesure le trajet. Il a dû se couler dans les plis de la pierre pour tenir et grimper. Sacrément difficile.

Elle n'en revient pas. Elle n'imaginait pas Elvis capable de ça.

« Pas mal, hein ? » a glissé Lee-Qong. Elle guette les réactions de sa copine.

Mais Yasmina ne dit rien. Absolument rien.

De toute la journée, elle continue de ne rien dire.

Le soir, au cours de dessin, elle remporte un superbe succès. La prof la félicite. Son projet fait l'unanimité de toutes les quatrièmes. Mais elle est ailleurs. C'est à peine si elle a l'air contente.

« Eh ben, ça t'fait pas plaisir ? lui demande Lee sur le chemin du retour.

— Si si, bien sûr !

— On l'dirait pas ! »

Lee-Qong se tait. Elle sait bien que quand Yasmina est comme ça, ça ne sert à rien de lui parler. Elle va lui répondre par petites phrases courtes, puis par monosyllabes, puis plus rien. Mieux vaut attendre le lendemain.

Dans la tête de Yasmina, c'est la tempête.

Elle n'avait pas prévu ça, non ! Qu'Elvis aille si haut, ça non !

Le soir, elle se débrouille pour se retrouver seule dans sa chambre le plus vite possible.

Plantée devant sa fenêtre, elle regarde sur le parking en bas les allées et venues. Trois jeunes du bloc d'à côté sont là, l'un assis sur le capot de la Golf GTI rouge, les deux autres par terre. Si le mari de la gardienne sort, ça va gueuler. Sa GTI, il y tient plus qu'à son appart, plus qu'à sa femme et ses gosses. Mais ça a l'air calme, ce soir. Toutes les places du parking sont déjà occupées. Les gens sont rentrés. Ils vont dormir, après la

télé, parce que demain, il faudra reprendre les voitures et repartir.

C'est triste, dans la tête de Yasmina, ce soir, toutes ces choses. Elle ne sait pas pourquoi. Parfois, la nuit, avant de se coucher, quand elle regarde le même parking exactement, les mêmes immeubles, les mêmes, elle se sent bien, chez elle. Les gens dehors, les voitures, les mobylettes veillent sur son sommeil. Le monde est ami.

Ce soir, le monde est loin. Elle est seule, toute

seule. Et même les rires de son père et de sa mère lui semblent loin.

Si au moins Rachid lui écrivait, elle lui raconterait. Elle a essayé. Elle lui a envoyé deux cartes. Elle avait mis du temps à les choisir. Mais il n'aime pas écrire. Il téléphone et tout le monde est là. Plus moyen d'avoir des secrets.

Yasmina s'est couchée et ça ne sert à rien. Le sommeil ne viendra pas l'aider à effacer ce qui la tourmente. Elvis fait vraiment partie de la bande maintenant. Il n'y a rien à faire. Elle a rêvé de penser qu'il n'aurait jamais le courage d'aller jusqu'au bout. Parfois, avant de s'endormir, elle s'imaginait des scènes dans sa tête. Lucas venait voir Rachid et il lui disait : « La Banane a foiré, mon vieux ! Il s'est dégonflé ! Il a fait style il était malade et il s'est défilé : il grimpera jamais. Il peut pas faire partie de la bande ! » Alors Rachid réfléchissait et il finissait par dire : « Tu sais, Yasmina, c'est pas une fille comme les autres, c'est ma sœur et elle est courageuse... on pourrait essayer. » Et si Lucas rétorquait : « Pas d'meuf avec nous, t'es ouf ! », il insistait, il trouvait les mots qu'il faut...

Des rêves tout ça... Elvis a pris la brique et il l'a montée, l'a appliquée là où tout le monde peut la voir. Ça a fait suffisamment parler comme ça au collège. Ça y est : il a pris sa place.

Elle peut toujours s'aligner avec ses dessins, elle. C'est pas ça qui la fera rentrer dans la bande. Elle revoit la tête de sa prof, admirative. « Bravo, Yasmina, dis donc, tu as

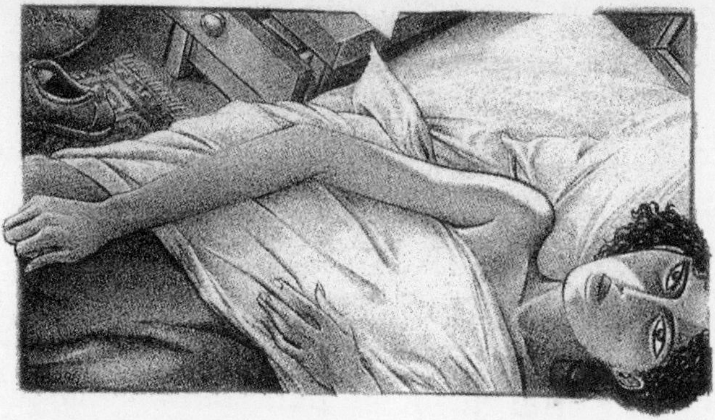

fait un travail formidable ! Je suis très très contente ! »

Yasmina avait à peine souri. Tout son plaisir était gâché par sa découverte du matin. La semaine d'avant, elle aurait sauté de joie, mais plus maintenant.

Elle se tourne et se retourne dans son lit et puis elle finit par rester sur le dos, les yeux grands ouverts :

« Mais c'est pas une malédiction, quand même, d'être une fille ! Pourquoi ça enlève le droit d'entrer dans une bande ? Pourquoi ça enlève des droits que les autres ont, juste parce qu'ils sont des garçons ? »

Il n'y a pas de réponse au plafond de sa chambre.

Elle a fermé les yeux. Ce sont ses larmes. Elles coulent toutes seules, sans bruit. Ce n'est pas un chagrin de petite fille et elle ne serre pas son gros Nounours contre elle pour se consoler et s'endormir. Ça fait longtemps qu'il est sur l'étagère à l'autre bout de la chambre, du côté de la fenêtre, et qu'elle ne lui parle plus, même pour rire.

9

À la maison on commence déjà à préparer la venue de Rachid. On parle du repas qu'on va faire. On a lancé l'invitation aux cousins qui viendront se réjouir avec la famille. Radidja a décidé de préparer un tagine somptueux avec tout ce qu'aime Rachid : les pruneaux, les olives et les petits raisins secs presque noirs, toujours un peu durs, qui restent craquants même dans la sauce.

Yasmina regarde. Yasmina écoute. Elle se

demande parfois si on ferait tout ça pour elle, de la même façon. Et puis elle chasse cette question de sa pensée. Ça la rend trop triste.

Au collège, le projet de la prof de dessin a un succès fou. Dans les couloirs, au coin des escaliers, sur les panneaux, on a affiché les meilleurs dessins. Celui de Yasmina se trouve dans le hall. Elle passe devant chaque matin. Quand elle entend les élèves faire des commentaires, elle ne peut pas s'empêcher d'être fière.

« C'est celui-là le mieux !

— Ouais... il est chouette, dis donc ! »

Et c'est toujours le sien qu'on désigne.

Quand elle entend ça, elle sent comme une chaleur vive lui monter dans le sang jusqu'au bout des doigts. Et elle se dit : « C'est moi, c'est Yasmina, c'est moi. » Alors, pendant quelques minutes, elle oublie tout le reste : et la bande et la brique et Elvis et même Rachid. Elle est juste Yasmina et ça lui suffit. Mais ça ne dure pas.

Il n'y a qu'au cours de dessin qu'elle se sent forte à nouveau et c'est là que lui est venue l'idée folle qui l'a envahie, qui l'a galvanisée d'un seul coup.

Le prof venait de parler de l'architecture du collège et un élève en avait profité pour dire bruyamment son admiration pour la marque sur la mosaïque, tout en haut.

Mlle Braude avait souri.

« Oui, ce qui serait vraiment "super", comme tu dis, Benjamin, ce serait une peinture, une vraie qui s'enroulerait jusqu'en haut du mât, tu vois...

— Ah ouais... mais c'est pas possible, ça, m'dame, avait repris Ludovic, et Nassim en avait profité pour ajouter :

— Hé ! J'croyais qu'impossible, c'était pas français ? Hein ? »

Dans le cœur de Yasmina, le défi vient de planter son drapeau. Non, ce n'est pas impossible. Rien n'est impossible. Elvis a posé sa marque avec la brique, eh bien, elle ira plus haut, encore plus haut, et elle ira avec ses propres couleurs. Pas besoin de leur brique, elle va faire son œuvre à elle. Et tout en haut du mât !

Quand le cours se termine, elle a un sourire dont elle ne se rend même pas compte, qui illumine son visage.

« Eh bien, je suis contente de te voir avec cette mine-là, Yasmina, parce que depuis quelque temps ça n'avait pas l'air d'aller fort.

— Ça va bien, mademoiselle, ça va bien. »

Yasmina range ses affaires à toute allure. Dans son cœur monte un chant de force et de puissance.

« Tu sais qu'il va y avoir le vote des élèves maintenant pour les travaux affichés, je crois que le tien peut arriver en bonne place.

— Merci, mademoiselle.

— J'aimerais bien qu'on prenne un temps toutes les deux pour que tu m'expliques un peu comment tu travailles et puis que je voie s'il n'y aurait pas un moyen de t'aider si tu as envie de dessiner plus... Ça t'intéresserait ? »

Yasmina ne sait pas quoi dire.

« Je dessine quand je peux... à la maison... le soir, quand j'ai fini mes devoirs, c'est tout...

— Eh bien, si un jour tu as envie d'aller plus loin, il faut que tu saches qu'il y a aussi des endroits où tu peux te perfectionner, en dehors de l'école.

— En dehors de l'école ?

— Oui. Dans des ateliers. Il y a des cours de

dessin, tu sais... on en reparlera si ça t'intéresse. »

Yasmina a fait oui de la tête en bouclant son cartable. Des cours en dehors de l'école ? Ses parents ne voudront jamais. C'est même pas la peine de leur en parler : ils ne comprendront pas. Elle voit d'ici la tête d'Asteurla !

En dehors de l'école depuis qu'elle a treize ans, le monde est devenu peuplé de garçons et de dangers pour ses parents. L'école la maison ; la maison l'école, et rien d'autre.

De toute façon, pour aujourd'hui, l'important c'est pas ça. L'important, c'est le mât du collège.

À la sortie, elle s'est arrêtée. Elle est debout, toute droite, sur la petite place. Elle mesure la hauteur de son défi. Ce sera dur. Arriver à peindre jusque là-haut, ce sera vraiment très dur.

Lee-Qong l'a rejointe.

« Oh, t'es encore en train d'te prendre la tête avec c't'histoire d'Elvis ?

— Mais non, j'regarde, c'est tout. »

Elle n'a pas envie d'en dire plus. Même Lee n'en saura rien. Elle ne peut pas dire pourquoi, mais elle gardera son secret.

10

« Tu veux pas m'aider à coudre les nouveaux rideaux pour la chambre de ton frère ?

— Mais, m'man, j'ai à faire ! »

Radidja secoue la tête.

« Tu as toujours à faire ! Tu peux pas un peu m'aider à préparer le retour de Rachid ?

— C'est pas son retour. Il rentre pas. Il vient juste pour un week-end, c'est tout.

— Ah ! c'est ça, mademoiselle fait sa "je-sais-tout-de-la-langue-française", tu f'rais mieux d'avoir de meilleures notes en dictée, tiens ! »

Ça, c'est vraiment bas. C'est vrai que Yasmina a du mal avec l'orthographe mais c'est pas la peine de tout mélanger. Qu'est-ce que l'orthographe a à faire avec tout ça, ces préparatifs qui l'exaspèrent ?

« Va, va, mademoiselle, va faire tes affaires, laisse, je ferai tout toute seule, j'ai l'habitude.

— Oh, m'man, tu sais bien que t'exagères !

— Tu ne me parles pas comme ça. »

Le ton d'Asteurla est péremptoire.

« Mais qu'est-ce que j'ai encore dit ?

— Tu me parles pas comme ça, c'est tout. Ça suffit ! Qu'est-ce qui te monte au plafond ? Hein ? »

Rien. Rien. Rien.

Yasmina est retournée dans sa chambre. Elle va comme une bête de zoo dans sa cage : de son lit à sa fenêtre, de sa fenêtre à son bureau.

Personne ne la comprend. Elle est toute seule, mais avec cette solitude, elle sent monter aussi une force terrible qui l'envahit. Personne ne peut toucher ce qui se passe au fond d'elle. Elle est libre. Libre de penser ce qu'elle pense. Libre de sentir ce qu'elle sent. Elle est libre libre libre et si elle veut monter jusqu'au ciel, elle montera.

Elle s'est installée à son bureau. Elle est dans la bonne fièvre qu'elle commence à reconnaître : celle qui la plonge dans les couleurs et les traits, celle qui la fait dessiner et peindre sans plus rien savoir ni du temps ni des gens qui l'entourent.

Elle sent venir dans ses mains les formes qui s'étirent sur le papier, qui vont l'entraîner là où elle ne sait même pas qu'elle ira. C'est ça qu'elle aime. Quand elle commence à dessiner, elle a une idée très vague de ce qui va venir et puis c'est magique, c'est les traits eux-mêmes sur le papier qui l'entraînent et elle suit et elle compose avec ce qui vient. À la fin, il lui reste une joie immense qu'elle ne sait pas nommer, quand elle se retrouve devant ce qui est venu d'elle toute seule. Là, elle se sent vivre. Vraiment.

Ce jour-là, elle est portée par l'image de la flèche qui surmonte le collège. Les couleurs qui s'imposent sont un rouge foncé qui lui rappelle le velours des sièges qu'elle a vus au théâtre et le bleu, un bleu profond comme les nuits qu'elle aime, les nuits de son pays lointain.

Ce sont les couleurs qui mènent. Le dessin,

elle ne le connaît pas, elle ne sait pas ce qui va venir.

Elle sort son matériel avec précaution de dessous son lit, et elle commence sur une grande feuille qu'elle a étalée, tenue à chaque coin de son bureau par des punaises. Sa main travaille toute seule. Le bleu se déploie, elle s'en enveloppe comme d'un manteau qui fait d'elle une reine. C'est le bleu de sa joie entière, sans faille. Elle lui laisse prendre la place.

À certains endroits, elle s'arrête, contemple le blanc de la feuille. Elle ne sait pas encore ce qui y prendra forme. Peu à peu, de la feuille se dégage une impression qui pénètre Yasmina. La feuille lui parle, rien qu'à elle.

Elle lui dit son désir de monter plus haut que toutes les flèches du monde. Elle lui dit que le ciel lui appartient dans chaque nuit du monde et qu'elle est un être humain unique comme chaque être humain qui sait voir son ciel tout au fond de soi.

Alors Yasmina comprend qu'il y aura des étoiles dans ce bleu, des étoiles parce qu'il en a toujours fallu pour guider les hommes et les femmes qui voulaient aller plus loin sur la route de leur vie.

Et elle laisse venir l'or des étoiles. Il y en a de minuscules, juste des points au fond de la nuit et puis il y en a une, c'est la sienne, et Yasmina sait que cette étoile-là l'accompagnera toute sa vie, toujours. Et elle en soigne le cœur et le contour, et entre l'or et le bleu nuit sa main trace les signes qui éclairent le monde.

Son monde.

Il reste au rouge à prendre sa place.

Elle ne la connaît pas encore mais elle est transportée plus haut que tous les murs des Buttes-Rouges. Elle dessine et elle peint. De toute son âme, de tout son corps. Et quand elle s'arrête elle sent une paix immense l'envahir.

Elle plane au-dessus des immeubles, au-dessus de la ville, au-dessus des montagnes et des océans.

Elle se sent bien.

11

Ça y est enfin ! Rachid va arriver. Tout est prêt dans la maison et Radidja a les joues en feu, signe bien connu de son émotion. Le père a mis son costume et ça lui donne un air grave. Yasmina le regarde. Il est imposant dans le gris foncé du tissu. Son rire même ne sonne pas de la même façon. Il a le regard qui cherche sur le quai sans en avoir l'air et les mains crispées sur le manche de son parapluie. Yasmina va et vient.

« Arrête de tourner comme ça ! Reste avec nous ! »

Asteurla a besoin de sentir tout son petit monde autour d'elle, comme la poule dans la cour sur les livres des tout-petits.

Yasmina continue à marcher, mais plus près d'eux.

Ils sont arrivés bien trop tôt. Ça fait déjà vingt minutes qu'ils attendent sans s'asseoir sur les places des bancs restées libres. Ils sont debout au bout du quai. Ils attendent.

Yasmina n'a pas voulu laisser l'attente l'envahir sinon elle sait qu'elle n'est plus bonne à rien. Tous ces derniers jours, elle a fait en sorte d'oublier la venue de Rachid, de la caler juste dans un coin de sa tête, comme un bonheur à qui on rend visite sans oser y toucher.

« Voilà le train ! Regarde, regarde, le voilà ! »

Sa mère est comme une petite fille sur le quai. Elle serre très fort le bras du père qui reste immobile, une vraie statue. Yasmina se rapproche de lui et lui lance un regard. Il lui sourit. Elle voit comme il est ému à la couleur de ses yeux, plus vive, comme si tout le brun du monde s'était concentré dans le grand arbre de son regard. Elle l'aime quand il a ces yeux-là.

Dans la foule des voyageurs qui arrivent, elle a tout de suite reconnu Rachid. Il a son sourire habituel, un peu moqueur, et il lui paraît encore plus grand que d'habitude, plus mince aussi.

Elle a couru dans ses bras pour avoir le premier baiser. Elle est fière qu'il la regarde, fière qu'il pose sa petite valise noire et qu'il prenne le temps de lui dire :

« Eh ben dis donc, j'ai la plus belle des petites sœurs, moi ! Une vraie princesse ! »

Même si elle n'aime pas entendre « petite » quand on parle d'elle, elle a le cœur qui bat avec violence, qui tape jusqu'au bout de ses doigts. Elle est toujours « sa princesse » !

« J'prends ta valise.

— Eh ! c'est pas aux filles de porter les valises !

— Tu parles ! »

Il ne l'a pas laissée faire.

Radidja s'est précipitée aussi. Elle pleure et rit à la fois comme toutes les mères qui retrouvent un fils sur un quai. Elle bredouille des petits mots tendres entre deux rires. Elle l'embrasse encore et encore. Rachid a les yeux qui brillent fort et il se laisse emporter dans le flot de caresses avec la gaucherie de son grand corps qui oscille, la tête bien droite, les cheveux de sa mère qui lui frôlent le cou.

Puis c'est au tour du père. Ils se donnent une accolade timide. Serrés l'un contre l'autre, le père lui tapote le dos du plat de la main ouverte.

« Bienvenue, bienvenue, mon garçon, mon fils ! »

À la maison, on ne lui épargne aucune question. Le travail, c'est dur ? Comment il dort ? Est-ce qu'il sort souvent ? Et l'oncle, comment il va, l'oncle ?

Rachid répond sans se faire prier. Il est fier de ce qu'il a appris au garage et parle des clients comme si c'était les siens.

Yasmina écoute, les yeux perdus dans le vert de la chemise de Rachid. Réentendre sa voix, c'est retrouver les moments perdus. Les paroles, elle s'en fiche, c'est la voix qui vibre soudain, le rire qui part en pointillé sec bref, puis qui s'amplifie, remplit de chaleur toute la pièce, oui, c'est cette musique-là qu'elle écoute, qui l'emporte.

« Tu t'endors, ma fille ? Va te coucher, va, ma Mina. Elle travaille tellement ces temps-ci. Toujours à sa chambre... »

Yasmina sourit à sa mère. Elle n'a rien compris.

« C'est bien qu'elle travaille. Ah ! mais je suis sûre que ma p'tite sœur, elle est super ! L'année prochaine, c'est le B.E.P.C., il faut faire attention. T'as raison, Mina. Travaille, travaille !

— Ouais ouais, dit le père, mais attention aussi que ça lui monte pas trop à la tête, les études ! Une fille, ça doit pas passer tout son temps dans sa chambre à lire... »

Yasmina serre ses deux mains l'une contre l'autre, très fort. Elle sent ses deux paumes sèches, brûlantes. Qu'il se taise ! Mais qu'il se taise ! Il ne va pas encore lui sortir le couplet des enfants et du bon mari, pas ce soir !

C'est Rachid qui arrête les paroles de son père en lançant :

« Eh ben, justement... il y a la fille de la caissière, là-bas, au garage, qui est au lycée. Elle travaille d'arrache-pied, mais en plus, elle aime la mécanique, alors ça, c'est marrant... Elle arrive des fois au garage et elle a pas peur de se mettre les mains dans le cambouis et tout... Elle nous aide...

— Ah bon ? fait son père d'un air peu enthousiaste. Eh ben ! Sa mère doit pas être si contente que ça quand elle rentre.

— Sa mère, elle la laisse faire, tu parles, au garage, c'est la reine, elle est vraiment géniale ! »

Yasmina sent son cœur se pincer. C'est ces mots : « la reine », c'est la façon dont il les prononce qui la tue.

Quand on a une reine, on n'a plus besoin d'une princesse. Il l'admire, cette fille, ça se voit, mais si elle, Yasmina, elle voulait se mettre les mains dans le cambouis, qu'est-ce qu'il dirait, hein ? Déjà, si elle a un peu de peinture qui lui reste sur les doigts, ici, c'est toute une histoire...

« À c't'heure-là, il faut qu'on aille dormir tous, les enfants, maintenant, hein ? vient de lancer leur mère. Si on veut faire une belle journée demain, il faut aller se coucher, allez...

— Oui, renchérit Farid, on continuera à se raconter tout ça demain. On est tous fatigués. »

Yasmina a espéré que Rachid lui ferait signe

pour qu'ils se retrouvent tous les deux, comme ils le faisaient d'habitude, les grands soirs. Mais il a fermé la porte de sa chambre derrière lui, après avoir embrassé tout le monde.

12

Le sommeil est venu tard. Yasmina est restée le cœur accroché à d'étranges étoiles qui se disputaient la lumière. Personne ne peut donc vraiment la regarder, elle, tout entière, avec son obstination sauvage et son désir si fort d'être aimée ?

Demain Rachid continuera à être le roi de la fête et puis dans quelques jours il repartira là-bas, il verra d'autres gens. Il va les oublier.

Yasmina a le cœur en feu. C'est de là que lui

viennent les impulsions tumultueuses qui la bouleversent, l'entraînent, et une fois plantées dans la tête, ses résolutions sont plus tenaces que la plante qui pousse en plein désert.

Quand elle se réveille, elle sait.

Il faut qu'il se passe quelque chose. Aujourd'hui même !

Elle ne s'attarde pas devant le superbe petit déjeuner préparé par sa mère. Elle file demander à Lee-Qong les belles jumelles qu'elle a gagnées à la dernière kermesse du collège.

« C'est pour regarder les oiseaux... J'voudrais en dessiner. »

Lee-Qong a sorti le précieux coffret de cuir de son armoire avec des gestes précautionneux et Yasmina s'en est voulu à ce moment-là de ne rien lui avoir dit de son projet. Lee est son amie, quand même !

En faisant glisser le fermoir du couvercle, elle interroge :

« Et Rachid ?

— Rachid, il est en pleine forme. Heureux, tu verrais ! Un prince là-bas dans son garage.

— Ça m'étonne pas... C'est chouette pour lui.

— Oui, c'est chouette. »

Elle ne lui parle pas de la « reine du cambouis ». Quelque chose l'avertit que ça pourrait bien blesser aussi Lee-Qong. Elle a toujours vu que Lee n'osait pas regarder Rachid vraiment. Il la rendait toute bête, c'était facile de s'en rendre compte et ça faisait sourire Yasmina. Mais Lee grandit aussi et Yasmina a senti l'émotion de son amie. Elles n'en parlent pas.

« Tiens ! Lee lui tend les jumelles. Et...

— Oui, Lee, promis ! J'y fais très attention. J'suis pas une brute ! »

Lee a son petit sourire.

« Je sais. Tu veux pas que j'aille avec toi ?

— Non, excuse-moi, mais vraiment j'préfère être toute seule pour bien regarder, ça fait rien ?

— Non non, ne t'inquiète pas, de toute façon, ma tante veut m'emmener en promenade. »

Les promenades de Lee et de sa tante sont célèbres aux Buttes-Rouges. Elles partent toutes les deux avec un petit sac à dos et elles marchent, elles marchent avec une résistance étonnante. Elles quittent les immeubles, continuent jusqu'à ce que l'herbe apparaisse vraiment. Pas celle du terre-plein, la vraie, l'herbe des champs où seule compte la terre. Elles marchent jusqu'à ce que la tante s'arrête et sorte de son sac à dos un vieux livre qu'elle a réussi à sauver de toutes les épreuves.

Alors elle lit à Lee-Qong de sa voix ferme et chantante des poèmes de leur pays et Lee-Qong écoute en regardant les voitures qui passent au loin, sur la route. Parfois long est le temps qui s'écoule ainsi, oubliant les deux petites silhouettes assises sur le talus.

Et puis Lee-Qong ouvre son sac à elle, dans le sien se trouve la nourriture de leur pays, préparée par sa tante. Elles mangent en silence, le regard ailleurs. Elles rentrent bien plus tard.

Lee aime ces promenades. Yasmina est même étonnée qu'elle ait songé à s'en priver pour lui proposer de l'accompagner mais Lee-Qong sent aussi tant de choses qu'elle ne dit pas.

« Bon, j'te laisse, j'y vais sinon ma mère va encore m'engueuler pour l'heure !

— D'accord. Alors à lundi !

— À lundi ! »

Yasmina a enveloppé les jumelles dans deux sacs plastique. Le beau coffret est trop encombrant. Elle prend soin de son précieux paquet.

Elle rentre juste à temps pour aider sa mère à mettre la table. C'est le déjeuner de la famille qui arrive d'autres banlieues : de Vernouillet, de Montreuil... Elle n'échappera ni à ses cousines ni au fiancé qu'elle n'arrive toujours pas à aimer même si c'est la famille. C'est pas un crime, quand même !

« M'man, laisse-moi assise à côté de Rachid. Ne me mets pas avec les cousines.

— Ah ! commence pas à faire tes histoires, hein ? C'est pas le jour. Aide-moi à tirer la rallonge. Là, attention, te pince pas les doigts. »

La table est monstrueuse, toute déployée. Elle prend toute la place. Rachid et son père arrivent juste à ce moment-là. Ils sont allés se promener, acheter les cigarettes du père. Il est fier de montrer son fils dans le quartier, ça se voit.

Yasmina les regarde. Elle aussi, elle est fière d'eux. Et eux, est-ce qu'ils sont fiers d'elle ?

« Allez, va, va maintenant te faire belle, ma fille », lui lance Radidja.

Allez ! Faut aller se faire belle ! Il y a décidément que ça qui compte !

Pendant tout le repas, elle parle le moins possible. Elle se sent agitée, impatiente. Mais que cela s'arrête, ces conversations niaises et ces rires pour un oui pour un non ! Ses cousines l'agacent. Bientôt elle ne voit plus rien que le mur du collège et le mât là-haut, vierge de toute inscription, gris, gris dans le ciel si vaste.

Après le repas, elle dit qu'elle veut faire une petite sieste. Personne n'a remarqué qu'elle n'a presque pas mangé.

Elle barre la porte à Zakia, la plus jeune de ses cousines.

« Non. J'veux dormir un peu. J'me sens pas bien... c'est les gâteaux... j'en ai trop pris...

— Oh, allez !

— Non, s'il te plaît, tout à l'heure. »

Zakia a glissé :

« Allez ! J'te raconterai... »

C'est ça ! Elle va encore lui glousser à l'oreille des histoires de garçons. Merci bien ! Yasmina a doucement refermé sa porte.

Dans quelques minutes, elle ressortira, elle se

glissera jusqu'au bout du couloir. Sa mère sera à la cuisine, avec les autres femmes, à faire la vaisselle ; les hommes seront encore dans la salle à manger. Elle retiendra sa respiration. Personne ne la verra quitter la maison.

13

Le collège n'est plus le collège, c'est une haute statue de pierre qui la défie. L'architecte qui en a tracé les plans n'a jamais songé qu'un jour, une silhouette fragile, dans la lumière un peu laiteuse d'une fin d'après-midi, mesurerait du regard la hauteur de sa folie.

Oui, c'est de la folie. Oui, elle le sait. Et alors ? Y en a marre et c'est tout ! Quand elle sera là-haut, elle sera bien. Elle aura gagné.

Elle passe avec soin un morceau de résine

contre ses baskets pour éviter de glisser. Il y a des encoches dans le mur pendant toute une partie de l'ascension, ça, ce sera facile. Elle regarde le ciel encore une fois avant d'y aller. Elle le contemple comme si elle le découvrait. Elle le laisse entrer en elle, sous la peau, partout. Si elle est le ciel, elle n'aura plus peur. Elle ira plus haut que tous. Elle gagnera.

À travers le tissu épais du jean, elle a senti la rugosité de la pierre quand elle a glissé une première fois. La peau doit être rouge, mais pas écorchée. Ça va. Elle continue. Elle se concentre. Des mots lui viennent aux lèvres pour apprivoiser la pierre, une sorte de prière qu'elle chuchote, la bouche effleurant le granit.

La pierre est son amie et elle peut l'aider. Yasmina évite de respirer trop fort. Elle garde son souffle comme le voyageur son eau au fond de la gourde en plein désert. Elle continue à grimper.

Depuis combien de temps a-t-elle commencé son ascension ? Elle ne sait plus rien des horloges ni des montres. Il n'y a plus que son sang qui bat lourdement à ses tempes pour rythmer la vie qui passe, un drôle de sablier.

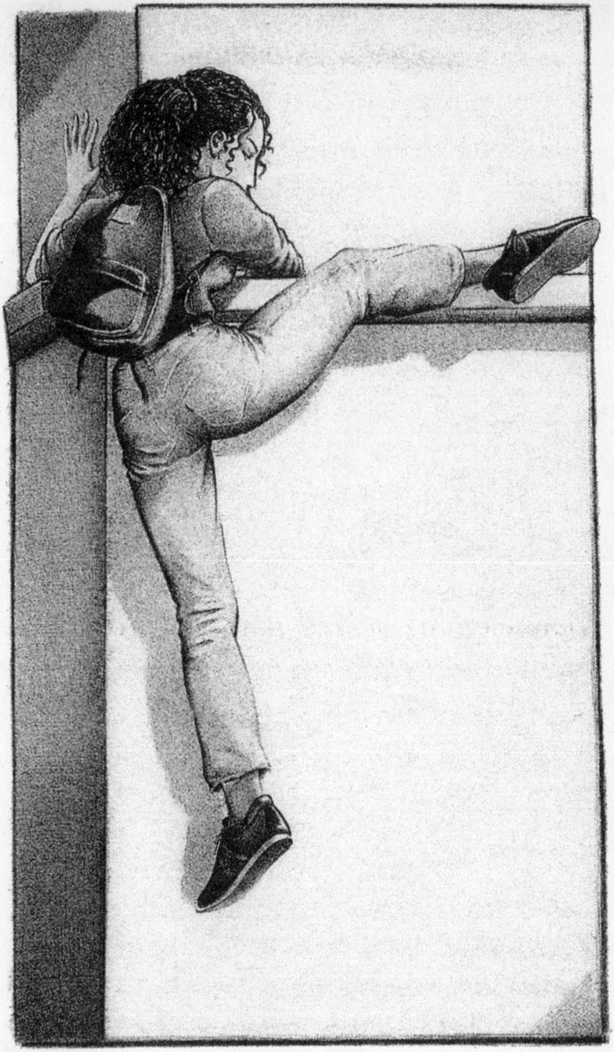

Elle a dérobé dans l'entrée les gros gants de travail de son père, ceux qui font la paume rugueuse, qui agrippent bien. Elle sait qu'elle risque de s'abîmer les mains et elle veut les garder intactes pour peindre là-haut, le plus haut possible.

Elle a une pensée forte pour son père en voyant le cuir qui vient de s'arracher, trop usé, contre la pierre. Ses mains à lui doivent souffrir aussi sous la laine fine quand il tient serré le marteau piqueur. Pourquoi, mais pourquoi ne fait-il pas l'effort de l'aimer, elle, telle qu'elle est ? Elle, elle l'aime tant ! Ah ! ils vont comprendre ! Ils vont comprendre !

D'une détente souple, elle vient d'atteindre la première plate-forme où elle peut s'agenouiller. Elle se repose. Elle évite de regarder en bas. Elle évite de regarder en haut. Le vertige peut la surprendre des deux côtés, elle le sait. Ça lui est déjà arrivé quand elle visitait une cathédrale avec sa classe : Elle avait senti ses jambes devenir faibles et son cœur s'évanouir. Elle avait eu une peur intense. Elle n'en avait rien montré, n'en avait parlé à personne.

C'est comme si un démon secret rappelait ce

souvenir maintenant. Elle le chasse mais le souvenir est là, tapi au creux de son ventre. Il pointe la tête comme une bête mauvaise. Elle s'oblige à penser à autre chose. Elle imagine la nuit. Sereine, totale, lisse. Le dos collé contre la pierre, assise sur l'étroite bordure de béton, elle ferme les yeux, murmure à nouveau des paroles pour se calmer.

C'est une vieille berceuse de sa mère qui lui revient. Elle la laisse l'envelopper comme un linge doux après le bain. Ça va mieux. Ça va mieux.

Elle ne laisse pas la bête lui redire le chant du vertige. Elle va se remettre en route.

Et elle repart.

C'est très dur.

Son sac vient de heurter la paroi, elle essaie de contrôler ce qui se passe mais c'est impossible. Elle a l'épaule coincée dans un creux de la sculpture. Elle se dégage d'un coup mais il faut se rattraper. L'élan a failli la faire tomber.

Yasmina a peur.

Tout son corps tremble de peur. Quelque chose vient de tomber de son sac et elle entend le bruit qui rebondit sur le rebord où elle devait être tout à l'heure, puis plus rien.

Elle a la tête qui bourdonne.

Elle se force à garder les yeux ouverts. Elle fixe un point. Un seul. Pour garder l'équilibre. Et son regard accroche la trace rouge. La marque d'Elvis.

Ça la galvanise à nouveau. Elle y arrivera.

À nouveau, elle cherche un point d'appui, un ancrage. Elle agrippe fort les mains et elle hisse le corps. Elle a gagné quelques centimètres. Son souffle est rauque au fond de sa gorge, comme si elle avait couru des kilomètres. Sa nuque est raidie par l'effort. Elle a mal à la tête, un point violent qui vrille juste derrière l'oreille.

Elle avale sa salive et reprend son ascension.

14

Sur la route du retour, Lee-Qong presse le pas. Elle se sent inquiète.

Plus que jamais elle a aimé ce que sa tante lui a lu sur l'herbe, loin de la route. Elle rentre toujours de ces après-midi le cœur en paix, mais quelque chose en elle la tourmente. Sa tante l'a vu à son regard, à sa façon de hâter la fin de la promenade.

« Qu'est-ce que tu as, Lee ?

— Rien... rien. »

Puis elle ajoute plus bas :

« Je sais pas. »

Quand elles arrivent en vue de leurs immeubles, c'est la fin de l'après-midi. Il règne dans la cité un calme lent sillonné de petites allées et venues. La plupart des enfants sont devant la télévision ou viennent de commencer les devoirs pour le lendemain.

En passant devant chez Yasmina, Lee a le cœur qui bat plus vite. Là-bas, derrière la baie vitrée, Rachid doit être en train de discuter avec son père et leurs cousins. Lee se sent seule et c'est la première fois. Hormis sa tante, elle n'a aucune famille, personne à qui raconter en riant les souvenirs de tout-petits, avec qui parler des parents, des oncles, des grands-parents.

Depuis le bateau, il y a tant de silence.

D'habitude, elle en est plutôt heureuse. Mais aujourd'hui, elle donnerait bien sa paix contre les rires et les chamailleries de la bande de cousins de Yasmina. Elle donnerait bien son silence contre les paroles de Rachid. Elle resserre les courroies de son sac à dos et baisse la tête.

« Lee, a lancé sa tante, j'ai fait quelques petits gâteaux de chez nous pour la mère de ton amie.

C'est un grand bonheur pour elle de revoir son fils. Tu vas les apporter pour dire que nous partageons la joie. »

Le cœur de Lee bat fort. Elle se retourne pour remercier sa tante.

« Tu es bien rouge tout à coup, ma petite Lee. Ne va pas si vite. Tu sais, les gâteaux sont cuits depuis longtemps. »

Lee balbutie quelques mots. Elle sait bien qu'elle est toute rouge. Elle donne un baiser qui éclate sur la joue de sa tante comme quand elle était petite. Elles rient toutes les deux.

Lee s'est changée. Elle a mis la robe qu'elle préfère et elle a lissé ses longs cheveux.

« Tu grandis, tu es très belle », lui a murmuré sa tante en lui confiant le joli paquet qu'elle a confectionné pour envelopper son présent.

Lee rêve en marchant dans la cité.

Elle rêve qu'enfin Rachid la regarde comme sa tante l'a fait tout à l'heure.

Quand elle sonne, on n'est pas long à lui ouvrir. Radidja la fixe, surprise.

« Je suis venue vous apporter ces gâteaux que ma tante a faits pour la venue de votre fils... »

Radidja a l'air sidéré :

« Mais... Yasmina n'est pas avec toi ?

— Non, madame, on est allées se promener, ma tante et moi, jusqu'à la campagne...

— Mais attends... alors, où elle est ?

— Ben... je ne sais pas. »

Lee sent que quelque chose de lourd entre dans la maison avec elle.

« Je suis désolée... »

Déjà elle s'efface, esquisse un pas de recul sur le palier.

« Attends, tu y es pour rien. Rentre, rentre, ma fille, ne reste pas dehors comme ça. Rachid ? Rachid ? Qu'est-ce qu'elle t'a dit, Yasmina ?

— Mais rien, m'man. Elle m'a rien dit. Je l'ai plus vue après le repas. Tu sais, Zakia a dit qu'elle était partie dans sa chambre se reposer, c'est tout. »

Lee ne sait plus où se mettre. Le père de Yasmina est apparu aussi.

« Viens t'asseoir, Lee ! »

C'est lui qui l'a fait entrer dans la salle à manger. Elle s'assoit sur le canapé. Elle se sent prête à pleurer, elle ne sait pas pourquoi. Devant

Rachid, elle se retient. Il vient de s'installer à côté d'elle.

« Quand tout le monde est parti tout à l'heure, on l'a cherchée pour dire au revoir mais on a trouvé personne dans sa chambre. Elle a juste laissé un mot : *Je suis chez Lee pour le devoir de maths. Je reviens tout de suite.*

— Et tu l'as pas vue de la journée ? demande Radidja, la voix toute bizarre.

— Si, ce matin. Elle est passée prendre mes jumelles pour regarder les oiseaux. Elle veut les dessiner.

— Encore son satané dessin ! » lance le père.

La grosse voix de Farid fait trembler Lee. Mon Dieu, elle a l'horrible impression d'avoir trahi son amie. Mais comment aurait-elle pu savoir ? Et où est Yasmina maintenant ?

« En attendant, on sait pas ce qui a pu lui arriver ! »

Radidja n'arrive pas à rester en place. Elle va de la cuisine à la salle à manger.

« Arrête un peu, lui lance son mari, va, fais-nous un café et apporte un jus d'orange pour la petite... Elle t'a pas dit où elle voulait regarder les oiseaux ? Et pourquoi les oiseaux ? Pourquoi ?

— Je sais pas. Des fois, elle aime observer et puis dessiner après. Les oiseaux, c'est la première fois. »

Rachid lance d'un ton un peu triste :

« Les oiseaux, ici, il faut les chercher pour les trouver. »

En apportant le plateau où sont disposés les tasses et les verres, Radidja dit comme pour elle-même :

« Ça tient pas debout, cette histoire d'oiseaux ! Qu'est-ce qu'elle est encore partie chercher, ma Mina ?

— Viens, viens t'installer avec nous. »

Son mari l'a prise par la main. Ce n'est pas un geste habituel. Rachid en a l'air tout gêné. Il se tourne vers Lee :

« T'as une idée, toi, de ce qu'elle a pu faire ?

— Non, souffle Lee, les yeux collés au tapis... non. »

Elle n'a plus qu'une envie : rentrer chez elle et retrouver sa chambre, son lit, le repas tranquille auprès de sa tante et son petit cahier secret, vite. Lee a trop de mal à supporter la tension qui tout à coup réduit l'espace, tout l'espace, et la fait redevenir petite, toute petite, atterrée.

« Ça va pas ? lui demande Rachid.

— Ça va passer... » Mais les larmes coulent sur ses joues. Silencieuse, elle ne peut plus rien pour les arrêter, comme sur le lointain bateau, quand elle était recroquevillée sur elle-même, par terre. Elle pleure.

« Pleure pas, Lee, c'est rien. On va la retrouver, tu sais. Elle doit pas être bien loin. Mais qu'est-ce qu'elle peut foutre ? Elle a toujours des idées de dingue, quand même ! »

Rachid s'est levé, il a donné un coup sourd du plat de la main contre la baie vitrée. Radidja s'est rapprochée de Lee. Elle lui caresse les cheveux tout doucement et l'embrasse sur le front.

« Tu y crois, toi, à cette histoire d'oiseaux ? »

Lee ne répond pas.

« Et si tu me disais ce qu'elle a dans la tête, depuis quelque temps, ma fille, hein ? Toi, tu dois en savoir, des choses. Dis-moi. Une maman, ça peut tout entendre. »

Dans le mur de ses larmes, une petite pierre

vient de tomber. Lee a entendu le mot « maman ».

Elle regarde Radidja. C'est la mère de Yasmina et elle est toute serrée d'inquiétude. Une ride en ligne droite va de ses sourcils jusqu'à la racine de ses cheveux. Ses mains sont devenues toutes petites, jointes l'une contre l'autre. C'est une mère. Lee aussi a eu une mère il y a longtemps. Une mère, ça ne doit pas pleurer.

15

Au pied du fronton du collège, le corps niché dans un creux de la pierre, gît Yasmina.

La chute l'a surprise alors qu'elle avait dépassé la marque d'Elvis. Toute à la joie d'aller plus haut, elle riait, un rire étrange et sourd qui venait du plus profond d'elle.

Elle a relevé bien haut la tête et le ciel alors s'est mis à tourner. Tout a tourné autour d'elle. Le monde entier a tourné et elle, Yasmina, est restée figée, stupéfaite. Et puis comme une main qui s'abat sur sa nuque, elle a senti une grande force la tirer en arrière.

Elle ne s'est pas entendue crier.

Telle qu'elle est tombée, elle reste, le corps tassé contre la pierre, douloureux.

C'est comme si elle était devenue un caillou du chemin. Elle n'a plus la force de bouger un seul de ses doigts. Ses os ne sont plus faits pour la porter : ils sont d'inutiles cintres de chair. Rien ne lui permet plus de les articuler.

Dans la tête de Yasmina le ciel en immenses vagues déferle. Des poignées d'étoiles viennent cogner contre ses paupières fermées mais ce serait trop dur de les ouvrir.

Elle sent qu'une drôle de nuit est en train de venir.

Dans l'appartement, Rachid a rejoint son père sur l'étroit balcon. Ils discutent de la meilleure chose à faire et Lee-Qong murmure tout ce qu'elle sait de son amie à Radidja qui l'écoute en disant :

« Comment ma petite fille elle a tout ça dans le cœur ? Comment ?

— Mais, madame, Yasmina, elle trouve que c'est injuste, la vie qu'on lui fait.

— On fait tout pour le mieux, tout. »

Radidja a le regard égaré des mères qui découvrent l'âme de leur enfant, qui ne la comprennent pas.

« Comment on peut faire pour calmer une fille comme ça, comment ?

— Je sais pas, chuchote Lee. Même moi, j'arrive pas. Yasmina, quand elle a décidé quelque chose, elle s'arrête plus. Et elle veut que ce soit tout de suite.

— Attends, ma fille, il faut qu'on en parle aux hommes, de la bande et de tout ça. Rachid ? *Ya,* Rachid, viens, viens écouter ici ! »

Et Lee-Qong à nouveau raconte. La déception trop forte de Yasmina, son idée de faire mieux sur le grand mur et puis la découverte de la marque d'Elvis au collège et son silence.

« Depuis, elle fait plus que dessiner. Tout le temps.

— Oh, j'ai bien trouvé qu'elle avait la petite mine le matin, mais je pensais pas qu'elle y passait ses nuits !

— Moi, ça m'étonne pas, a dit Rachid. La princesse, quand elle s'y met, elle s'y met ! »

Radidja éclate soudain en sanglots.

« Mais où elle est ? Où elle est ?

— Je te dis qu'elle va rentrer, moi. Elle a pas vu le temps passer avec son dessin, là, et puis voilà ! Arrête de pleurer ! »

Maintenant c'est la colère qui prend le dessus chez le père.

« Elle va voir quand elle va rentrer ! Et puis je te dis, moi, qu'un petit tour au pays un peu plus souvent, ça lui remettrait les idées au bon endroit !

— Qu'est-ce que tu racontes ? T'as vu ce qui s'y passe, au pays ? Tu voudrais l'envoyer là-bas ? Jamais, tu m'entends ! »

C'est la première fois que Rachid voit sa mère tenir tête à son père.

« C'est à force de vouloir les faire vivre comme au pays que nos filles, elles savent plus où elles en sont, elles savent même plus qu'elles sont des filles, tiens ! et elles veulent être des garçons !

— *Oskout !* a lancé le père.

— Je me tairai pas. Y a pas de *oskout* qui

tienne ! Notre fille, elle a le droit de vouloir des choses pour elle et y a rien à dire, elle travaille bien à l'école.

— Elle travaille trop, oui, ça la travaille du chapeau ! Et moi, je travaille pas pour qu'elle devienne une écervelée qui sait pas rentrer à l'heure.

— Je vais aller la chercher. C'est pas la peine qu'on se dispute. Moi, je vais la trouver. »

Rachid a dit « on » par pudeur. Il a honte de voir son père et sa mère se parler comme ça devant lui, devant Lee-Qong.

« Tu viens, Lee ?

— D'accord. »

Elle s'est levée sans attendre.

« Vous voulez bien avertir ma tante pour qu'elle s'inquiète pas ?

— Oui, ma p'tite fille, va, j'ai le numéro.

— En voilà une, au moins, qui pense encore à sa famille ! a lancé le père de Yasmina.

— La nôtre aussi elle pense à nous, je te dis que si elle rentre pas, c'est qu'il y a quelque chose. »

Et Radidja se remet à pleurer. Cette fois, son

mari s'est assis près d'elle. Il lui tapote le dos, maladroit :

« Allez, te mets pas dans cet état ! On va la retrouver, tu vas voir ! »

Rachid a soupiré dans l'ascenseur :

« C'est la première fois que je les vois comme ça ! »

Lee sent qu'il est gêné : Elle ne dit rien. Elle n'a jamais su ce que c'était, des parents qui se disputent.

« On va aller voir mes potes, a lancé Rachid, et Lee s'est retrouvée, marchant à côté de lui dans la cité et regrettant déjà de n'avoir pas gardé son jean et ses baskets.

16

La nuit commence à tomber sur les Buttes-Rouges. Bientôt la brique ressemblera à n'importe quelle pierre. La nuit va prendre à chaque chose sa lumière pour faire du monde une seule et unique grande bande de terre sombre enroulée sur elle-même.

Dans le corps de Yasmina la douleur lance ses éclats. Elle ne voit plus que des couleurs qui l'encerclent. Le rouge lui arrache l'épaule droite, le jaune a pris possession du ventre et dans les jambes repliées c'est le noir qui aplatit chaque os, rend la chair molle et le sol cendreux. Yasmina devient un arc-en-ciel de souffrance qui ne peut plus que murmurer « Au secours... au secours... »

Le temps passe. Bientôt elle voit perler dans son sang une couleur qu'elle ne connaît pas, une couleur qu'elle voudrait saisir et planter là-haut, très haut, plus haut que toutes les tours des Buttes-Rouges. C'est la grande couleur qui l'enveloppe et l'emporte. Le monde est si loin.

Si l'on s'écarte du porche du collège et qu'on regarde le bâtiment, de la petite place encadrée de réverbères, on ne voit pas le corps tassé dans une encoignure. On peut juste penser que n'importe quel édifice, la nuit, c'est beau... et passer.

Mais les silhouettes qui sont arrivées devant le portail scrutent l'obscur.

Six paires d'yeux qui fouillent la nuit, questionnent silencieusement. Six paires d'yeux liés par la même quête, ensemble.

Mettre en route Lucas, Martin et Elvis a été

facile. C'est pour Samir que ça a été plus dur. Il a carrément répondu à Rachid :

« Ce serait ma sœur, elle serait déjà à la maison avec un coup de pied aux fesses ! »

Lee en a été révoltée.

« Parle pas comme ça de ma sœur ! a lancé Rachid, blême.

— Mais regarde ! Toi, tu cherches Yasmina, il fait nuit. Moi, mes sœurs, elles savent que si elles sont pas à la maison à 6 heures, c'est mon père qui y va et si c'est moi, c'est pire. Les femmes, elles ont pas à traîner dehors. »

Rachid l'avait bousculé sans un mot en sifflant une insulte en arabe.

Lucas était intervenu :

« Hé, les mecs, on arrête ! C'est pas le Moyen Âge et y a pas le couvre-feu, les filles, elles ont le droit d'se balader, non ? Et si c'était les BDR ? »

Les BDR, c'est la Bande de la Rue, une bande qui vit pas vraiment dans la cité. Souvent leur terrain est trop proche des Buttes-Rouges. Ils empiètent. On se menace.

« Ils auraient pas touché une meuf !

— Va savoir ! Depuis qu'il y a le mec de Palaiseau qui est arrivé, ils craignent !

— J'arrive ! » a dit Samir.

Il déteste l'autre groupe, Lucas le sait bien et il a joué finement. Samir tend la main à Rachid :

« On s'dispute pas, mon frère ! »

Rachid a encore le masque de la colère sur le visage mais il ne refuse pas la main tendue.

Ils sont allés tout de suite chercher la brique. Elle est à sa place. Intacte. Lee a respiré.

« J'avais tellement peur qu'elle veuille faire sa marque avec sur le mur.

— Attends ! Elle t'a demandé quoi ? Tes jumelles ? C'est pour voir loin, ça ! »

Rachid lui a pris le bras. Sans le faire exprès, il la serre, il lui fait mal.

« Elle m'a dit que c'était pour les oiseaux... »

Rachid a levé la tête : les oiseaux, ils volent au-dessus des murs...

« Comment t'as fait, Elvis, pour le collège ?

— J'ai grimpé, tiens ! Y avait Lucas et Samir qui sont restés en bas au cas où...

— C'était dur ?

— Ah ! tu peux le dire ! Il faut pas être gros

pour se glisser dans les trucs-là, les sculptures, c'est un malade, le mec qui a construit ça !

— On y va ! a crié Rachid comme un fou. On y va ! »

Dans l'appartement, les parents attendent. Ils ne disent plus rien.

Il a bien fallu appeler la police.

« Mais c'est pas un crime ! À c't'heure-là, tout le monde a le droit de s'inquiéter !

— Si on m'avait dit qu'un jour, moi, Farid, j'aurais dû appeler la police pour mes propres enfants !

— C'est parce qu'elle a peut-être eu un accident. Elle a rien fait de mal, ma Mina, j'en suis sûre. Appelle, Farid, appelle ! ou sur la tête de ma mère, je sors moi la chercher tout de suite. »

Au commissariat, on a pris le coup de fil au sérieux. On ne sait pas ce qui peut se passer. Il vaut mieux être trop vigilant que pas assez. L'inspecteur de service les a rassurés : ils ont bien fait de téléphoner, il a pris le signalement de Yasmina et il va le communiquer aux voitures qui sillonnent la cité.

Il ne faut pas que les parents bougent. Ça ne servirait à rien qu'ils se mettent à arpenter les rues. Déjà le fait qu'il y ait un groupe d'adolescents dehors, ça ne lui plaît pas. Il a demandé à Farid de passer au commissariat. Farid cherche ses papiers, on ne sait jamais. Il n'aime pas ce qui lui arrive. Il n'y a jamais mis les pieds, là-bas. Mais la voix de l'homme qui lui a parlé avait quelque chose de sûr, de rassurant. Parler à un autre homme, ça le délivre du regard de Radidja.

Au commissariat, l'arrivée est dure. Il y en a un qui ostensiblement lui a tourné le dos. Farid l'a bien entendu grommeler : « Pas d'temps à perdre avec leurs histoires. On va pas s'emmerder, non ? » Il n'a rien dit. Les poings qui craquent la doublure des poches, il a attendu. C'est à l'homme du téléphone qu'il veut parler et, dès que la porte du bureau s'ouvre, il sait qu'il ne s'est pas trompé. Celui-là le regarde en face et Farid le suit. La porte se referme. Il raconte. Ils se parlent.

« On a quadrillé le quartier... La p'tite, vous

êtes sûr qu'elle n'a pas de fréquentations... un peu douteuses ?

— C'est ma fille ! s'est exclamé Farid. C'est une tête de mule mais c'est une fille propre !

— Je n'en doute pas mais... il faut faire attention, avec tout ce qui se passe en ce moment. Il y a des extrémistes de tous bords qui ont tout intérêt à créer un climat d'insécurité, comme on dit.

— Moi, je fais pas d'politique, monsieur, alors pourquoi on s'en prendrait à elle ?

— Ce n'est pas ce que je veux dire... et puis je ne vais pas vous embêter avec tout ça ! Si ça se trouve, c'est une fugue de gamine qui sera trop contente de revenir à la maison dans une heure ! Rentrez chez vous et attendez. Dès qu'il y a du nouveau, je vous rappelle. »

Quand Farid est sorti du bureau, l'homme du poste s'est débrouillé à nouveau pour qu'il entende : « Eh ben c'est pas trop tôt ! Y en a qu'pour eux en ce moment ! » Farid s'est retourné. Cette fois il a senti la rage lui gonfler les poings. Son regard s'est planté dans les yeux de l'autre. Un mot de plus et... ! L'autre s'est retourné vers ses fichiers, le dos rond. Farid est sorti.

Dehors il a respiré fort. Il a regardé le ciel. Qu'est-c'qu'il a fait au Bon Dieu pour en être là ?

Au pied de leur immeuble, il ne lève pas la tête : il sait que Radidja le guette par la fenêtre du salon. Les yeux suppliants, dès qu'il pousse la porte du salon, elle lui demande :

« Qu'est-ce qu'il a dit ?

— Rien. Il a rien dit. Rien dit du tout. Des trucs d'administration, la routine. Il est sûr que la petite, elle va rentrer toute seule. Il a l'habitude, tu sais. Faut pas se faire trop de souci... il va nous rappeler. Tout le monde là-bas la cherche. Fais-nous du café, va, il faut attendre ici. »

Radidja entend bien, à sa voix, qu'il n'y croit pas vraiment, à ce qu'il raconte. Elle sent bien aussi qu'il ne lui raconte pas.

De toucher les tasses, la cafetière, ça la rassure. C'est bête mais ça la rassure. Si tout ça, ça ne bouge pas, c'est comme avant, pourquoi en serait-il autrement pour sa petite fille ? Elle va revenir, comme quand elle est en retard de l'école et elle, elle va lui crier un peu dessus : « C'est à c't'heure-là que tu rentres ? » et elle va la serrer si fort dans ses bras.

Radidja est assise dans sa cuisine. Le café bout. Elle pleure, une tasse vide à la main.

17

Au pied du collège, ils tentent avec la lampe d'Elvis et celle de Lucas d'éclairer le fronton.

« Vas-y, c'est plus haut, j'te dis ! chuchote Elvis. Je suis monté plus haut que ça !

— Y a rien. Elle est pas allée plus haut, constate Lucas. J'te l'avais dit, c'est pas possible.

— Et moi j'te dis qu'elle a grimpé. C'est ma sœur, j'la connais. Si elle a voulu, elle est montée. »

Lucas et Elvis haussent les épaules. Samir s'est rapproché de Rachid.

« Ça sert à rien tout ça. Peut-être il vaut mieux aller trouver les Bouffons d'la Rue, j'te dis.

— J'suis pas d'accord. Y a pas d'raison.

— T'as la trouille, Martin ?

— Non. Mais c'est pas la peine d'aller chercher. »

Pendant qu'ils discutent, Lee-Qong s'est écartée. Elle rôde sur la place.

« Je suis sûre que tu es là, mon amie, ma seule amie, fais-moi signe. Ne te cache pas. C'est toi qui m'as trouvée quand on était petites. Dis-moi où tu es. Fais-moi un signe. Je te trouverai. Je te trouverai aussi. »

Lee se parle sans s'arrêter, c'est comme si les mots qui se formaient à l'intérieur d'elle pouvaient tendre un fil tout fin, fragile mais sûr jusqu'au cœur de son amie. Elle sait qu'il ne faut pas qu'elle relâche une seconde le fil qu'elle tisse doucement avec chacun de ses mots, de ses silences. Elle oublie le monde entier autour d'elle, ne pense plus qu'à Yasmina et, soudain, elle voit : la forme tassée dans un creux du bâtiment.

Son cœur éclate dans sa poitrine : c'est Yasmina ! elle en est sûre.

Elle s'approche en murmurant son nom, elle s'agenouille, elle est sûre que Yasmina a fait un effort comme pour ouvrir les paupières. Lee s'est mordu la lèvre si fort qu'elle a le goût de son sang un peu salé dans la bouche. Ses larmes coulent toutes seules. Yasmina ne bouge pas.

C'est Rachid qui l'a rejointe en premier. Brusquement, il a senti son absence. Il l'a cherchée autour du collège. Quand il a été proche, Lee l'a appelé doucement.

« Elle est là. »

Elle a parlé comme pour elle-même dans la nuit mais il l'a entendue.

Lui, il crie :

« Yasmina ! Mina ! Mina !

— Chut ! Ne la touche pas. Il faut appeler les pompiers. Vite. »

Lee sait exactement prendre le ton qu'il faut pour qu'il se relève et coure donner les ordres aux autres. Samir a filé chez les parents. Lucas et Martin courent à la cabine de la place appeler les pompiers. Elvis reste planté devant le collège.

Rachid et Lee sont à nouveau tous les deux accroupis auprès de Yasmina.

« Y a pas de sang, dit Rachid.

— Si, mais c'est derrière, regarde. »

Une tache sombre s'est étalée jusque sur la manche du blouson.

« Elle va mourir ?

— Non, a soufflé Lee. Non. On n'a qu'à penser à elle très fort tout le temps. Elle va pas mourir.

— J'veux pas qu'elle meure. J'veux pas. »

Rachid pleure comme un tout petit enfant et Lee a passé son bras autour de ses épaules, sans réfléchir.

« Pense, pense qu'il faut qu'elle vive et tais-toi, elle mourra pas. »

Lee a retrouvé toute la force des années sans âge qui coulent dans ses veines. Elle fait front. Elle ne cède pas. Son amie doit vivre. Elle doit vivre. Et Lee se répète ces trois mots comme une prière impérieuse. Prière à la nuit, au temps. Prière à la justice du monde.

Rachid, lui, est entré dans un drôle d'espace

de son cœur. Il a juste posé sa main sur la main froide de Yasmina et il marche dans sa mémoire.

Il regarde sa petite sœur comme il ne l'a jamais regardée. Ses cheveux sont retombés sur son épaule. Elle a si peu de souffle qu'on ne sait pas si elle respire. Quand elle est née, il avait été fier que sa mère lui mette le bébé dans les bras.

« La fais pas tomber, hein ? c'est fragile comme tout, les p'tites sœurs, fais bien attention. »

C'est maintenant qu'il l'a laissée tomber avec sa connerie de bande et de mecs. Il n'a pas vu à quel point elle souffrait. Elle est tombée, elle est tombée et c'est sa faute. Il voudrait racheter avec sa propre souffrance la chute de Yasmina, mais ce n'est pas possible. Il la regarde avec tout son amour. « Je te promets, petite princesse, je te promets que je ferai attention à toi. Vraiment. Je te promets. »

Combien de temps sont-ils restés tous les trois, seuls dans la nuit ?

Quand l'ambulance arrive, Lee et Rachid sont comme hébétés. Ils se tiennent tous les deux très droits, debout, et montent auprès du brancard où on a couché Yasmina. On les laisse faire.

« Vos parents sont déjà à l'hôpital. On a préféré qu'ils y aillent directement. Vous en faites pas. »

Lee et Rachid n'écoutent rien. Les yeux rivés sur le visage de Yasmina, ils continuent leur prière silencieuse.

18

À l'hôpital ça sent une drôle d'odeur et le père et la mère de Yasmina s'embrouillent dans les papiers. Lee est toute raide sur sa chaise de plastique beige. S'il n'y avait pas Rachid à qui elle raccroche son regard, elle disparaîtrait. Elle partirait sur la route, loin, et ne s'arrêterait que quand son cœur le lui dirait et puis elle pleurerait longtemps et elle répéterait tous les mots que lui apprend sa tante en regardant le ciel.

Il fait trop chaud dans cette salle.

Ils ont emmené Yasmina tout de suite.

Rachid est allé chercher un Coca à la machine.

Dehors, c'est la nuit.

Farid et Radidja parlent fiévreusement, puis se taisent.

Rachid va à la grande porte vitrée regarder la rue éclairée par les réverbères.

Le veilleur de nuit suit un match sur sa petite télé.

Lee a dû s'endormir. Sa tête qui tombe sur le côté la réveille. Un médecin vient d'arriver. Il va tout droit aux parents. Rachid s'est rapproché. Elle, ne bouge pas.

Il a une voix très plate, comme s'il disait la météo ou quelque chose comme ça. La mère de Yasmina a crié. Lui, il a continué de parler de la même voix en la regardant. Elle s'est calmée.

Et puis il repart.

Le visage de Rachid est pâle, si pâle. Il a la mâchoire qui tremble ; sa paupière gauche bouge toute seule par saccades. Il est venu vers Lee, s'est laissé tomber sur la chaise en face d'elle.

« Elle est sauvée, Lee ! Elle va vivre, elle va vivre. »

Et il éclate en sanglots.

Lee pleure aussi. Elle pleure contre l'épaule de Rachid.

À nouveau il va y avoir des jours et des nuits pour Yasmina, pour eux tous. Elle se sent redevenue toute petite dans les bras de Rachid mais cette fois, aucune vie ne s'arrête, aucune. Le cœur de Lee-Qong chante un chant de victoire, âpre et doux en même temps.

À l'hôpital, on leur a dit qu'il valait mieux rentrer dormir. Yasmina va subir une grave intervention chirurgicale des jambes dans les jours qui viennent et c'est à ce moment-là qu'il faudra être forts et présents.

Là, ils ne peuvent rien faire, elle est trop faible. Elle est sous perfusion et personne n'est autorisée à la voir.

Radidja a demandé d'une voix qu'on entendait à peine :

« Même pas un tout p'tit peu ?

— Non, a répondu doucement l'infirmière qui est venue les rejoindre. Non, le docteur ne

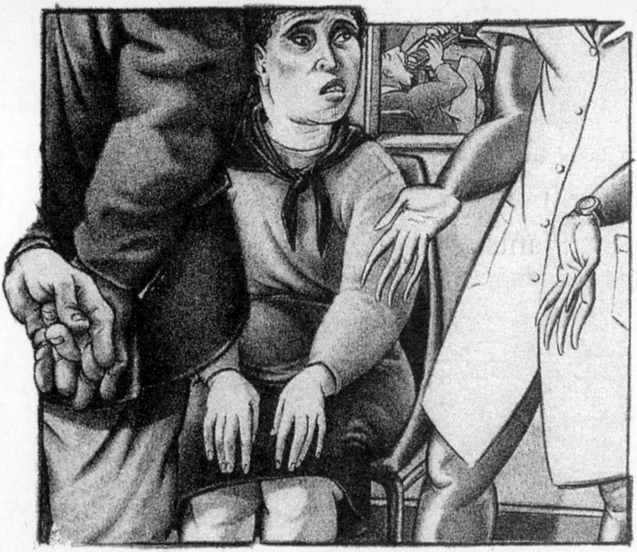

veut pas. Mais vous pourrez venir la voir bientôt. Rentrez vous reposer maintenant.

— Non. »

Radidja s'est dressée lentement devant l'infirmière.

« Non. »

Elle parle tout bas mais sa voix ne tremble plus.

« Les enfants, ils vont rentrer et mon mari aussi, parce qu'il travaille dur sur le chantier demain, mais moi, je pars pas. Je dors par terre s'il faut, ça m'est égal. Je pars pas. Tant que ma fille elle est ici, moi je reste. »

L'infirmière n'a pas hésité. Elle a souri.

« D'accord. Venez, je vais vous trouver un endroit pour vous reposer, près du poste des surveillants. Votre mari vous apportera ce qu'il faut ?

— On s'arrangera. »

Radidja s'est retournée vers Farid.

« Va te reposer, va. »

Il la laisse prendre les décisions.

Depuis qu'elle s'est levée, elle n'est plus la même. C'est comme lorsqu'elle allait mettre au monde les enfants, elle dirige et Farid sent qu'elle a raison.

Devant l'autorité de la mère, il cède sa place d'époux.

« Rachid, tu vas raccompagner Lee-Qong jusque chez elle et tu attendras bien que sa tante ait ouvert la porte pour la laisser et puis tu vas appeler l'oncle quand il fera jour. Dis-lui que tu rentres pas comme prévu, on aura besoin de toi ici.

— Oui, m'man. »

Ils sont debout, tous, dans le hall de l'hôpital et aucun d'entre eux n'arrive à partir.

Là-bas, derrière des portes et des portes, Yasmina continue à lutter contre les étoiles de souffrance qui déchirent son corps.

La grande couleur inconnue l'enveloppe toujours.

19

Dans les jours qui ont suivi, l'histoire de Yasmina a fait le tour des Buttes-Rouges et les élèves regardent d'un drôle d'air le creux au pied du mur où on l'a retrouvée le fameux soir.

On a posé bien des questions à Lee mais elle répond toujours par monosyllabes. On a fini par la laisser dans son coin avec ses petits morceaux de verre de couleur, au pied du gymnase.

De toute façon, maintenant, chacun a sa version des faits et peut enjoliver tranquillement, ajoutant une bribe ramassée au supermarché, une autre pendant le cours de maths...

Lee-Qong est la seule admise aux visites à l'hôpital avec la famille.

Elle y va tous les jours, à la sortie du collège. Elle passe par chez Yasmina et fait la route avec Rachid. Quand ils arrivent, ils relaient Radidja qui va se reposer un peu.

Depuis le jour de l'accident, elle n'a pas remis les pieds chez elle. Sa détermination impressionne tout le monde.

Lee a une grande admiration pour elle. Sa tante lui a dit qu'elle lui rappelait sa mère, avant le bateau.

À l'hôpital, quand ils arrivent, leurs pas se font plus lents. Tout est plus silencieux et chaud. Les gens qu'ils croisent ont cet air échoué qu'ils doivent avoir eux-mêmes. Il n'y a que les infirmières et tout le personnel qui vont et viennent normalement. Du coup, on a l'impression qu'ils marchent vite.

Devant la chambre du premier étage, ils marquent toujours un temps d'arrêt. Et puis Rachid frappe deux coups et pousse la porte.

Yasmina ne parle pas. Elle a des yeux

immenses et ses cheveux lui collent toujours un peu au front. La fièvre ne la lâche pas. Au pied du lit, la courbe de température monte, descend, remonte. Yasmina ne bouge pas. Si elle n'avait pas les yeux ouverts, parfois on pourrait se demander si elle est vraiment vivante.

Est-ce qu'elle les reconnaît ?

Radidja lui passe un gant de toilette parfumé avec quelques gouttes d'eau de fleur d'oranger sur le front, sur les mains. Dès qu'on touche ses mains, elle s'agite puis se calme à nouveau.

Ce jour-là, Radidja en se levant leur a dit :

« Ça y est ! Elle a parlé. Tout à l'heure, dans l'après-midi, elle a demandé à boire et puis on a parlé toutes les deux. Elle se rappelle tout. Mais il faut pas trop qu'elle discute. Elle se fatigue. Le médecin dit que tout va bien. Il faut que ça continue comme ça, et on pourra opérer. »

Lee regarde son amie. Elle semble dormir mais elle bouge un peu la tête.

Rachid s'est installé à sa place, sur la chaise au pied du lit. Il sourit à Lee.

« Si elle parle déjà, c'est formidable, hein ? a-t-il chuchoté.

— Oui », a répondu Lee.

Il a besoin d'être rassuré. Depuis la nuit terrible, ils n'ont pas reparlé de l'histoire de la bande mais Lee sait bien que Rachid s'en veut. Il a suffisamment dit cette nuit-là que c'était sa faute à lui, tout.

« Non, c'est pas ta faute. C'est la faute de personne. Yasmina, elle est comme ça. »

Elle avait beau lui répéter qu'elle la connaissait bien et que le défi, c'était sa façon à elle de vivre, elle n'avait pas trouvé les mots pour l'apaiser. Peut-être parce que ce qui se passait au fond de Yasmina, c'était un mystère de toute façon et que personne ne pouvait trouver les mots.

Ce jour-là, pour la première fois, Rachid retrouve son sourire.

« Rachid... »

Elle a une voix toute faible mais on l'entend dans la chambre comme s'il n'y avait qu'elle au monde.

Le visage soudain tendu, Rachid s'est rapproché. Il s'est penché.

Elle le regarde.

« Rachid, je suis allée plus haut qu'Elvis... J'l'ai dépassée, sa marque...

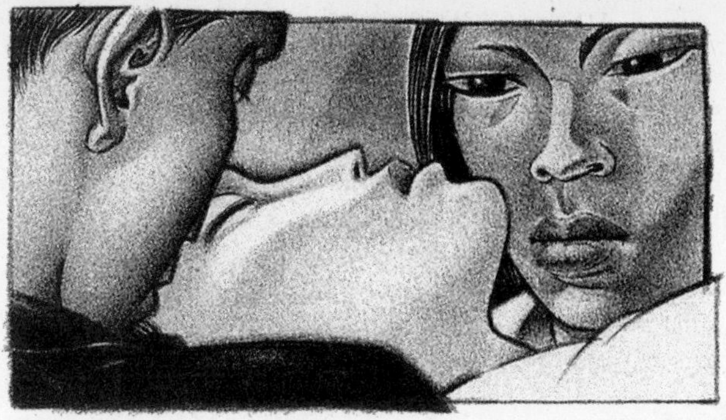

— Oui, ma princesse, oui. T'es allée plus haut que tous. Ne te fatigue pas. »

Elle a un faible sourire, puis elle ferme les yeux, comme si elle se rendormait.

Lee n'a pas bougé. Le défi, le défi ! Il est bien toujours présent au fond de Yasmina.

Rachid est resté un long moment debout près du lit, puis il est retourné à sa chaise. Il cherche Lee du regard. Elle lui sourit. Son sourire va jusqu'à lui, par-dessus le corps immobile de Yasmina. Et c'est de la douceur.

À quoi pense-t-elle, Yasmina, derrière ses paupières closes ?

Ils sont restés longtemps ce jour-là, tous les deux, attendant d'autres paroles, mais Yasmina n'a plus rien dit.

20

Se lever du lit. Sentir le sol un peu froid sous la plante des pieds nus. Faire un pas, un autre, jusqu'à la fenêtre, ouvrir grand les deux battants, regarder le ciel, sourire.

« C'est pourtant pas grand-chose, c'que j'demande. Qu'est-ce qu'ils attendent pour faire ce qu'il faut et que je sorte d'ici ? J'en ai marre ! »

Yasmina à nouveau a le sang bouillonnant dans les veines. Les jours s'allongent.

« Ça passe pas, le temps. Comment tu veux que ça passe quand t'es là, à rien faire, toute la journée ? J'en ai trop marre.

— Tu sais bien que pour le moment, il faut attendre, ma fille. Fais patience. Tu verras... après, tu y penseras même plus.

— En attendant, j'te dis que moi, j'en peux plus. Pourquoi ils me font pas la rééducation puisque ça y est, ils m'ont opérée ?

— Je sais pas, ma Mina. Je suis pas le docteur, moi ! »

Radidja s'est levée.

« Tu veux qu'on fasse quelque chose ensemble maintenant, ma fille ? Tu veux me lire la suite de ton livre ? »

Comme Radidja a du mal à déchiffrer facilement le français, elles ont trouvé cette occupation pour meubler les journées. Yasmina fait découvrir à sa mère ce qu'elle lit à l'école ou à la bibliothèque. Après, elles en discutent.

Mais pas aujourd'hui.

« Non, m'man, laisse, j'ai pas envie.

— Eh ben, tu veux ton truc, là ? »

Elle n'arrive toujours pas à prononcer « Walkman », elle a renoncé.

« Non, j'te dis, j'veux rien. »

Yasmina referme les yeux. Radidja ne sait plus quoi faire. Les heures vont être longues jusqu'à l'arrivée de Lee-Qong. Rachid a dû repartir au garage. Depuis l'opération, il a repris le travail mais il revient tous les week-ends, tant pis pour l'argent !

En attendant, elle est toute seule devant le visage fermé de sa fille. Elle n'ose plus aller à la fenêtre. Elle sait trop que Yasmina la suivrait du regard, lentement.

Avec un soupir, elle met « le truc » sur sa tête. Les cassettes de sa fille, ça fait trop de bruit mais elle a découvert, en tournant au hasard le bouton, un poste de radio qui lui plaît bien. Elle n'a jamais eu l'occasion d'écouter de la musique classique. Ce sont les seuls moments où elle arrive à être un peu en paix à l'intérieur d'elle-même.

Comme Yasmina, elle ferme les yeux. Elle laisse le temps passer.

Sa fille ne remarchera peut-être jamais : voilà ce qu'elle a appris après l'opération de Yasmina. Ils ne savent pas si la moelle épinière a été touchée.

« Il y a une chance qu'elle marche... mais vous savez, on ne peut rien dire... ce serait un miracle, a-t-il ajouté plus bas... On ne pourra vraiment savoir que dans quelque temps... En attendant, il vaut mieux vous habituer à l'idée que jamais... »

Les larmes de Radidja, c'est la nuit qu'elles coulent. Tout le jour, elle voit Yasmina supporter son malheur d'être immobile. Elle ne dit rien. Elle écoute la musique dès qu'elle peut, comme on se repose près de l'eau.

Une voix en elle dit : « Il y a une chance », et puis dans un grand désert souffle le vent qui soulève le sable, pique les yeux. « Jamais... jamais. »

« M'man, m'man ! » Yasmina appelle doucement sa mère. « S'il te plaît, passe-moi mes crayons et mon bloc, j'veux dessiner. »

Radidja sourit. Au moins quand elle dessine, elle oublie le temps. Radidja la contemple, le geste vif qui s'arrête quelquefois, comme suspendu, puis qui à nouveau choisit le trait, travaille la feuille blanche. Elle est émerveillée par ce que sa fille parvient à dessiner.

« Je croyais pas qu'elle était douée comme ça, ma fille !

— Ben, qu'est-ce que tu crois ? Au concours, j'ai gagné, hein, c'est moi la première. »

Le jour où elle l'a appris, la fierté lui avait redonné un regard brillant, les joues colorées.

C'est sa prof de dessin qui était venue lui annoncer elle-même et lui apporter tout le matériel magnifique qu'elle avait gagné, qui la comble.

« Bravo, Yasmina, tu as fait un score superbe ! Il faut continuer, maintenant !

— Oui », avait soufflé Yasmina, intimidée par la présence de sa prof près du lit.

Ses parents se tenaient debout, l'air un peu gênés et fiers à la fois, comme des enfants à l'école.

« Je voudrais voudrais en profiter pour vous parler un peu de l'avenir de Yasmina. Vous savez, les cours que je lui avais conseillés...

— Les cours ? avait demandé son père. Quels cours ?

— J'ai oublié, j'ai oublié d'en parler à la maison », avait menti Yasmina.

Elle avait menti si mal que la prof de dessin n'avait pas insisté.

« On a tout le temps. On en reparlera.

— Très bien, madame », avait dit respectueusement Farid.

Ce jour-là, devant sa fille au travail, Radidja demande :

« C'était quoi, ces cours, Yasmina ?

— Oh rien ! Des trucs en dehors de l'école, c'est spécial pour le dessin. Un atelier.

— Il faudrait qu'on voie ça, ma fille. »

Le regard de Yasmina croise celui de sa mère, juste un instant, puis retourne à sa feuille. Elle sourit.

Entre Radidja et elle, c'est une nouvelle complicité qui s'est nouée au fil des jours, timidement. Yasmina est fière que sa mère ait résisté à tout le monde pour rester avec elle. Elle sait que maintenant, en elle, elle a une alliée sûre.

« M'man, les cours, j'en ai vraiment envie ! »

21

Il a fallu batailler et batailler encore, comme dit Radidja. Farid ne veut entendre parler de rien.

Sur le palier de l'étage, là où on a arrangé une sorte de petit salon avec deux ou trois fauteuils et les machines à boissons, ils discutent.

« Je veux pas que ma fille aille dehors tout le temps. Pas question, je te dis. Ne recommence pas avec ça.

— Alors, elle pourra jamais faire ce qu'elle a

envie ? Tu as vu ses dessins ? Elle a le don. Pourquoi toi, tu dirais non si Dieu a dit oui ?

— Dieu a pas dit qu'elle devait aller traîner les rues. Ne parle pas comme ça.

— C'est la seule chose qui la tient, tu comprends pas ?

— Ça lui passera. Laisse-la grandir un peu et tu verras, il y a d'autres choses qui la tiendront.

— Farid, écoute, tu es mon mari, le père de mes enfants et je remercie le ciel parce que tu es un bon époux, mais Yasmina, c'est autre chose qu'il lui faut. Un mari et des enfants, ça lui suffira pas.

— Et alors ? Ce serait bien la première à qui ça suffit pas. Qu'est-ce qu'il lui faut d'autre ?

— Elle a besoin de dessiner. Elle en a besoin comme l'oiseau a besoin de voler. Il faut lui dire oui.

— C'est cet hôpital qui vous tourne la tête. Tu restes ici. Tu rentres plus à la maison et tu sais plus ce que tu dis. »

Radidja essaie de calmer sa colère mais quand elle entend la voix triste de Farid conclure : « De toute façon, on sait même pas si elle pourra encore marcher, alors... », elle s'écrie :

« Moi je la conduirai partout s'il le faut, partout !

— C'est ça ! Et ça fera toutes les femmes dehors. Et moi, ma maison, alors, où elle sera ?

— Ta maison, elle est dans ton cœur parce que tu nous aimes, et toi, tu es dans le nôtre, de cœur, et tu devrais le savoir. »

Radidja s'est levée. Elle voit les larmes dans les yeux de Farid. Elle ajoute tout bas :

« Jamais je pourrai lui annoncer la nouvelle de ses jambes sans lui dire en même temps pour le dessin que c'est oui, tu m'entends ? Jamais !

— Je sais plus où est la raison, je sais plus. »

Et il est allé voir sa fille.

Comment la vie peut-elle quitter la moitié du corps d'un être humain ? Pourquoi de la taille jusqu'aux pieds quelque chose peut-il arrêter tous les mouvements ?

Farid a du mal à détacher les yeux de la forme compacte, inerte sous la couverture. Il revoit sa Mina en train de courir derrière Rachid, en train de faire la folle.

Il ne reste pas longtemps ce jour-là dans la chambre.

« Dis-lui oui, dis-lui oui pour les cours, pour tout. Je rentre à la maison. »

Radidja l'a embrassé au pied de l'escalier mais c'est un homme désemparé qui sort de l'hôpital. Il ne sait plus s'il fait bien dans sa propre famille. Rachid, son fils, arrive demain. C'est avec cette pensée qu'il s'endort dans la maison vide.

Ce soir-là, la nuit est lourde.

Ce soir-là, Radidja a tout dit à Yasmina.

Le sommeil ne venait pas.

Sa petite s'agitait.

« Ouvre la fenêtre, maman, j'ai trop chaud... et puis je veux voir le ciel. En me penchant bien, je peux. »

Radidja avait ouvert la fenêtre. Elle regardait les étoiles et le haut des arbres sur l'avenue. La voix de Yasmina, derrière elle, était douce :

« Y vont commencer la rééducation bientôt, ça sera bien. »

C'est là que sa voix à elle a formé les mots, toute seule. C'est en continuant à regarder la nuit qu'elle s'est entendue dire :

« Ma Mina, ils vont pas faire la rééducation, parce qu'ils peuvent pas pour le moment.

— Pourquoi ?

— Parce qu'il y a plus rien qui bouge dans tes jambes, mon petit oiseau.

— Et quand est-ce que ça va bouger, m'man, quand ? »

Elle s'était retournée. Tout bas, elle avait dit :

« Personne sait, ma Mina. »

Le regard de Yasmina, toute sa vie, elle le gardera au fond de son cœur. Jamais elle n'en parlera. C'est la terreur qu'elle lit dans les yeux de son enfant.

Elle l'a prise dans ses bras.

« Écoute, ma Mina, ma chérie, ils savent pas, les docteurs. Ils savent rien pour toi. Ils disent que peut-être, il y a une chance... Tu entends ? ils savent pas...

— Dis-moi la vérité. »

Yasmina a retrouvé son ton de petite fille suppliant et péremptoire à la fois, quand elle en avait assez qu'on lui raconte des histoires pour plaisanter, des histoires pour la taquiner. Radidja entend :

« Dis-moi la vérité.

— C'est la vérité, mon oiseau. Peut-être tu peux remarcher. C'est tout dans la tête... il paraît... »

Le silence fait de la chambre une boule minuscule et opaque dans le monde. La voix de Yasmina est basse et claire :

« Je veux marcher. Je veux voir le ciel et les arbres et les couleurs... Maman, un jour, quand Rachid va venir, je serai à la fenêtre et il me verra d'en bas. Je veux marcher. »

Épilogue

Le défi, elle l'a relevé, du fond de son lit. Elle se bat comme une lionne.

Elle pleure, elle crie parfois, elle se tait, mais jamais elle ne capitule.

« Je veux marcher. Je veux marcher. »

C'est tout ce qu'elle répète et répète encore depuis la fameuse nuit, en faisant de terribles efforts, les yeux rivés sur ses jambes.

Quand elle n'essaie pas de faire bouger ses jambes, elle dessine. Et elle dessine de mieux en mieux. Mlle Braude vient la faire travailler et tout le monde suit ses progrès.

« Quand tu sortiras, je t'ai trouvé un atelier pas trop loin. Tu verras, tu vas aimer. »

Jamais on ne parle du moyen de locomotion.

Rachid, chaque week-end, espère la voir apparaître à la fenêtre. Il repart au garage le cœur lourd. Heureusement qu'il y a Lee.

« Moi, j'y crois parce que quand elle veut quelque chose, elle y arrive toujours. Il faut y croire. Les femmes, c'est comme ça ! »

Avec son père, il passe de longs moments silencieux, devant leur café. Ils ne savent pas quoi penser devant la détermination des femmes : celle de Lee, de sa tante, de Radidja, celle, immense, de Yasmina.

« Elles peuvent quand même pas décider pour le Ciel, non ? »

Farid répond :

« Va savoir, mon fils ! »

La marque de Yasmina, maintenant, elle est plus haute que toutes les marques du monde, le défi, c'est avec elle-même qu'elle l'a relevé.

Elle apprend à traverser la grande couleur inconnue.

La route, elle est devant elle et elle ne veut plus rien d'autre qu'y laisser l'empreinte de ses pas, comme tous les hommes, comme toutes les femmes du monde.

[illegible] La langue maternelle de sa mère, c'est l'ita[illegible]
[illegible]n. Lui [illegible] c'es[illegible]
[illegible]rabe. [illegible] [illegible]
[illegible] les fam[illegible] [illegible]

[illegible] aux écri[illegible]
[illegible]
[illegible] Stend[illegible]
[illegible]

JEANNE BENAMEUR

La langue maternelle de sa mère, c'est l'italien. La langue maternelle de son père, c'est l'arabe. C'est en français, langue d'adoption de la famille, que Jeanne Benameur écrit. « Écrire, dit-elle, c'est une façon de vivre. » Jeanne Benameur a publié plusieurs ouvrages pour la jeunesse : *Samira des Quatre-Routes* et *Adil, cœur rebelle*, tous deux parus aux éditions Flammarion dans la collection « Castor Poche ». Puis *Ça t'apprendra à vivre* (Seuil), *Quitte ta mère* (Thierry Magnier), notamment. Jeanne Benameur écrit également pour les adultes. Son roman *Les demeurées*, paru chez Julliard en 1999, a été très remarqué.

Composition JOUVE – 53100 Mayenne
N° 298253p
Imprimé en Italie par G. Canale & C.S.p.A.-Borgano T.se (Turin)
décembre 2001 - Dépôt éditeur n° 16088
32.10.1934.2/01 - ISBN : 2.01.321934.2
Loi n° 49-956 du 16 juillet 1949 sur les publications destinées à la jeunesse
Dépôt : novembre 2001